中公文庫

小林秀雄 江藤淳 全対話

小 林 秀 雄
江 藤 　 淳

中央公論新社

目次

I

美について……11
「私」の美学／精神と材質の交流／ことばの過剰／伝統と日常性／
現代審美病／文学の衰弱／沈黙の感覚
孤独を競う才能……35
歴史と文学……43
向陵精神の崩壊期／遊蕩とアルバイトと／知的興味の赴くままに／
歴史と文学／歴史の本質

歴史について……83
「未来」は「現在」に過ぎない／私生活を無視するジャーナリズム／「サイエンス」に惑わされた社会学／思想にもドラマがある／現代は「歴史」と「言葉」を軽蔑している／歴史に属さない現代人／道を知ることは歴史を知ること／歴史家の仕事は思い出すこと／イデオロギーが文章を忘れさせた／言葉の歴史は文化の歴史の本質／三島事件も日本にしか起きえない悲劇／日本語は言語学者には宝庫のようなもの／考えるとは相手と親しく交わること／歴史の鏡に映るのは自分の顔

伝統回復あせる　江藤　淳　164
三島君の事　小林秀雄　168

『本居宣長』をめぐって…………173
『古事記伝』の感動／宣長の遺言書と孤独／宣長の求めた道、／学問をする喜び／漢ごころについて／上田秋成との論争／賀茂真淵との師弟関係／肉声に宿る言霊／宣長とベルグソンの本質的類似／意識に頼りすぎる現代人
小林秀雄氏の『本居宣長』　江藤　淳　202

II

第九回新潮社文学賞選後感　小林秀雄　210
江藤淳「漱石とその時代」　小林秀雄　211

言葉と小林秀雄　江藤 淳　212
絶対的少数派　江藤 淳　232

解説　三島由紀夫の死をめぐる小林秀雄と江藤淳　平山周吉　240

小林秀雄　江藤淳　全対話

I

美について

江藤　いつか小林さんにお会いしたとき、(1)デパートの特売場へ、その辺の奥さんが出かけて行って、自分のセーターやスカートを血まなこで捜すというようなときには、非常に的確に一番いいものを選ぶものだ、ということを言われたことがありましたね。
　ぼくらが美というと、美はたちまち床の間にのっかってしまって、妙に抽象的なものになってしまう。特売場あさりというような確かさがなくなってしまうような感じがつよいんですがね。
小林　その点で、女の人は男の人より美を生活的に自然によく知っていることになるかな。ああいう人たちは、見るだけじゃない、買いたくなり、着たくなるのでしょう。美の生活上の実験をするわけだな。ぼくらには、それがないから、美について観念的にしゃべるようになるのじゃないの。
江藤　そういう点で、男がおくれているということとは、どういうことなんでしょう。男というか、知識があると物が見えないということなんでしょうかね。見えにくいというのでしょうか。

小林　現代ではおしゃれは、女より男がおくれをとっているせいかな。おしゃれは美のもとですよ。

しかし、まあ現代の男性的教養というものには、何かしら深い意味での情緒を欠いたものがあるな。深い意味での情緒を欠くから理論的でいて、実はセンチメンタルな教養になるのだな。美を論じても空想的になる。

「私」の美学

江藤　そうですね。特売場とはよほど違ったことのように思いますけれどね。ぼくは骨董《こっとう》のことはよくわかりませんけれども、たとえば小林さんが骨董をいじっていて、これが美しい、欲しくなる、買いたくなる。えい、買っちまえというときの、その決まり方というものは、これはやはり特売場につながっているものでしょうかね。

小林　ええ、まあそうです。この間、青柳瑞穂さんが『ささやかな日本発掘』という本を出しましたね。なかなかおもしろい本ですけれども、あのささやかな経験、というものが、もとになっているんですよ。

美の世界は大変私のことなんですよ。ささやかということは「私」の経験だよね、今の教養人はそういうささやかな経験を持たないんだよ。持つ機会がなかったり、そういうささやかな経験を侮べつしたりするんですよ。

江藤　わたしもあの本には大変感心しました。近ごろ読んだうちで、一番おもしろいものの一つで、青柳先生にはフランス語を習ったのですが、こんなえらい方だということを、初めて知りました。

小林　経験だからおもしろいんでしょう。美というものは、見るとか作るとかいう経験です。物がなければ何もない世界ですからね。物に関する個人的な経験をほかにしては、何もない世界なのですからね。

書画骨董というものを、インテリはたいへん軽蔑しているでしょう。しかし軽蔑しているのは、実は書画骨董という言葉なのですよ。何となくそんな言葉がきらいだと言っているに過ぎません。あの世界の経験の性質については無知なのだ。全く無知なのだ。美にも長年の苦労があったということを知らないのです。

ただあの世界に近づけないと決めてしまっているのです。たとえば青柳さんは、フランス語を教えながら、ちゃんと近づいているんだよ。ちゃんと、つかむものはつかんでいるんだよ。

江藤　あの本の巻頭に、たしか〝かけら〟という短い文章がありました。何か宋青磁《そうせいじ》ですか、美術館のある部屋にはいって行くと、いい物のかけらばかり、たくさん並んでいて、それが実に美しかった。一番最後に完全な形のツボがあった。その完ぺきさを見たらいやな感じがして、かけらを見ているときのような自由さがなくなり、ふりかえるとやはりかけらは醜かった、というような体験が書いてあったと思います。

私にはこの話は非常に印象的でした。実はこの本を読むまでは、書画骨董には少し偏見をもっていたんですが、この世界は本当は普通のこと、つまり人がそこで確実に生活する世界なんですね。青柳さんがささやかだけれども、非常に確実に生活しておられるということが、わかるような気がするんです。

精神と材質の交流

小林　いわゆる骨董でもいろいろあるけれども、青柳さんみたいに焼き物なら焼き物、という世界がありましょう。そうするとああいうふうな焼き物という世界、骨董としての焼き物だな、ああいう世界の基本的な経験があるんですよ。それは個性がないということなんですよ、全然。そりゃ、あるにはありますよ、あの人の書いている乾山だとか……。だが、それは現代人が考えているような個性とは意味が違う。一つの目印、記号みたいなものだ。一つの流れのなかに、そういう目印があるんですよ。個性のない日本の瀬戸物という、一つの流れがある。長い歴史の流れがあって、とくに意識的にオリジナルなものを作り出そうという動きはないのです。むろん人間だからそれはやる。やるが、その力は流れの力に及ばない。及ばぬところで安心している。そういう伝統の流れがよく見えて来るのです。

そういう個性のやかましさを知らぬ瀬戸物という世界で、一体何を経験するか、というと〝土〟なんですよ。瀬戸物の材質としての土や釉《うわぐすり》なのです。マテリアリテ（材質）の魅力なんですよ。そういうものが土台になっているんです。だから青柳さんの言うようにいかけらでもなんでもいいんで、かけらというものがなんともいえず魅力があるように思うのは、それが形になったところで大したことはないという、そういうふうな一つの感じ、これが日本のああいう道具類の魅力のもとなんです。そういう経験からこんどはそれをいろいろに工夫している人為的なものが、その上に乗っかってくる。これがうまくいくか、まずくいくか、それも大部分、マテリアリテの力に左右されている。

精神なら精神というものがマテリアリテの上に乗っかるのだが、その精神はまことに謙そんなのですよ。そういう経験をしているわけなんだ。そういうふうな人たちが道具好き、焼き物好きなんてものの基本的なものだな。骨董界は、それを教えるんですよ。それとつきあっているようなものです。

　買ったり、売ったり、愛玩したりしていると、そこへいく。それを合点する。その点で、書画骨董の世界で、焼き物の世界が一番古いし、一番基本的な世界だとさえ思います。

江藤　精神とマテリアリテとの直接の交渉とおっしゃるのでしょうか。

小林　ええ、それを教わる。それが土台になっている。そういう土台になっているものが、インテリゲンチァの美というものに対する態度に欠けているんですよ。非常に欠けているな。だからどっからはいるかというと、頭の方からはいる。上の方の思想とか、知識、個性などから美のなかにはいろうとするから道が逆なんだ。

　土からだんだんと育って、ロクロに乗って形ができ、釉がかかり、絵付けがされて、人為的なものがそこにできてくるでしょう。そこに時代が出たり、個性が出たりなんかしましょうが、ともかく、材料が仕上がる方向にものを見る見方ですよ。そういう見方がインテリゲンチァには養われないんですよ。だから美術の様式だとかなんとかいうところを、観念的にうろつくのです。

江藤　そういうふうにもとの方から、土のほうから解きほぐしていく見方で見るというのは、どういうことなんですか。

小林　だいたい、ものに親しんでいると自然にそうなるのですね。たとえば瀬戸物なら瀬戸物は、目につきやすい絵付けがはじめにパッと見えるが、親しんでいると絵を抜けて先へいくのですね。

触覚の世界へ、どうしても行くのですよ。膚や、地だな。土の味にはいって行くのです。表面的なつきあいがつまらなくなって来る。絵付けからボディにいく。いじっていると自然とそうなる。人間のつきあいでも同じ意味合いのものがあるじゃないかね。つきあいの経験が、そうさせる。焼き物を手元においているとはそういうことだ。

手元におかず、展覧会に行って見るということでは、どうも具合が悪いのだな。年季の入れ方みたいなものだな。瀬戸物でボディを見ている人は、案外少ないのですよ。外側を見ているんです。

江藤　そうすると社会的になんでも通り一ぺんの浅いつきあいですましているということは、われわれの生活にずいぶんあると思うんです。瀬戸物に限らない、絵でもなんでも。たとえば絵なら展覧会へ行ってしかみない……。

小林　そういうふうに見ると、膚を経験するというようなことは、なにか特殊な見方のように見えるでしょう。だが、それが一番自然な見方なのだ。

茶わん好きは、必ず茶わんをひっくり返して見ます。糸底を見る。糸底というのは、茶わんのヘソの緒みたいなものですね。あそこでロクロから離れる。その離れ方から見ていくのですよ。でき上がりから見ていくやり方なのよ。絵でも絵が描けていく絵画の仕事の進行通りに見るのよ。そういうふうにものが見えてくるのは、非常に自然なのだ。それを逆に見る……。

ことばの過剰

江藤　結局、私たち現代のインテリゲンチァの美に対する態度がそういう浅いものになっているのでしょうね。そういう態度をはやらせているひとつの原因はやはり政治の過剰ということにありはしないでしょうか。ぼくらの生活がいつも政治の過剰[2]の中にあるので、ささやかな体験が本当にむずかしいものになってしまう。現代の社会のなかでいつの間にかイデオロギーというか、概念というか、そういうものにしばりあげられてしまって、なかなかものに触れられない。いわんや、その土にまではなかなかいけない状態で暮らしている。

そういうさか立ちした生活が、美というものから人を遠ざけてしまう。たとえば、焼き物なら絵付けだけで見事、というような、逆の見方に追い込まれてしまう原因だというふうにはいえないでしょうか。

小林　そうね、だから女が着物を見るにしたって、仕立て上がって着るというふうに見るんですよ。そういうふうに必ず見るんですよ。その見方が自然であって、健康だというんですよ、ぼくは。

だから間違いはないんだな。たとえば間違っていても、それはその人の目の熟練の足りないとか、センシビリティの鈍感さとかによるもので、それはすぐかたのつくもんなんです。

美など少しも愛していないくせに、文化には美が必要であるなどと言いたがる。その言いたがるところから美に対します。だから、何もかもめちゃくちゃになってしまうのです。

江藤　ところで、どういうんでしょうか。さっきの逆から見ていくという態度が、非常に一般化してしまっているということは、ちゃんと生活していないからなんでしょうかね。

小林　知識過剰ですかな。言語過剰かね。美なんて非常にすぐそばにあるもので、人間はそういうものに対して非常に自然な態度がとれるものなんですよ。生活の伴侶《はんりょ》ですから。だけど、さて現代文化における美の位置というような考え——、美の日常性に関する経験がないから、そんな考えから出発するよりほかはない。すると言葉しかもうないということになる。そういうところからきているのじゃないのかな。

まあとにかく、ジャーナリズムでは小説が盛んでしょう。しかも小説もたいへん批評的なものになっていましょう。そのほか、論文とか報道とか、みんな知識の誇示だ。片方では政治的な行動的傾向がつよいでしょう。政治的経験というものは、美的経験というものと全然関係がないからな。

伝統と日常性

江藤　この間、ふと思いたって岡倉天心の『茶の本』をよんでいましたら、お茶なんてものは室町時代に完成されたというが、いまお茶などといえば、のんきなアナクロニズムみたいだけれども、あれは、非常に政治的時代に生きるためのうまい生活のしかただったのですね。しょっちゅう動いている政治的な時代だから、ごく自然にああいう世界ができ上がったという感じがしたんです。遁世《とんせい》でもなんでもなくて、もっと実際的に自分の生活というものを確かめ直さなければしようがないという非常なそぼくな、人間にとって自然な欲求からああいう作法が生まれてきたんだという感じがしたんですが……。

小林　むろん、そうだと思うな。たとえば、あのころのお茶の茶わんでも、あのころの行動家にたいへんぴったりした形をしているものなのです。とても、今日のお茶会などには似合わぬものだ。

武将が戦争の合い間に茶を飲めばちょうどいいような、そういう姿です。そういう非常に強い姿があります。そういうふうなものをながめていると、たしかに大行動家たちが、あれを見て、君の言うように自分を確かめているという感じがありますね。それは自然なことです。ひまつぶしの具ではないな。そんな消極的な姿はしておらん、あれはやっぱり思想だな。

江藤　こっけいだと思うのは、たとえば伝統ということがいわれますと、なにかきまりきった古い形式をそのままなぞらなければ、伝統の尊重にならない、伝統というものはでき上がった形式の床の間にかざっておくものだという、そういう感じ方が世間一般にかなり強いと思う。伝統の再確認といえば、室町時代には積極的なものだったお茶の形骸《けいがい》を、もう一回なぞることだ、というようなことをいいます。

　何か昔のしきたりを、なぞらなければ伝統につながらない、という感じ方はおかしいと思うんです。何か自然さが欠けていて、こわばってるみたいなんです。

小林　お茶の方の美学というものは、使う楽しみというものが根底になっている。器物を使うということを離れて美しいものはないんですよ。そういうことが、非常に当たり前な伝統で流れてきたんだけれども、そういうことが失われたんじゃないのかな。

江藤　いまは使うというのでなくて、作法形式にこっちが使われてしまっているという感じですね。

現代審美病

小林　美の日常性がなくなったんだね。伝統という問題も理屈からすると、むずかしいことになるでしょうがね。そういうものをキャッチできるという経験には、たしかにはっきりしたものがあるのですよ。

たとえばね。永仁のツボの騒ぎがあるでしょう。ああいう騒ぎというものが起ることは、美とはなんの関係もないということを、騒ぐ人たちが全然考えてないんですよ。あれは虚栄心とか名誉心とか、商売上の問題とか、要するに本物、にせ物という言葉しか騒ぎのなかにはないんですよ。騒ぎのなかには焼き物の経験なんてものはないんですよ。あれだけの騒ぎが起って、このなかには実物の焼き物の経験なんてものは一つもないということに気がついている人が、実に少ないのではないか、ということをぼくはしきりに考える。

気がついている人はだまっているんです。そしてだまっている側に伝統は流れているんです。だから伝統というものをキャッチすることのむずかしいことは、いま決して伝統なんてものはなくなっちゃったからではないのだな。むしろ、伝統を経験している人があまりしゃべらなくなったということにあるのだよ。だから、どこに伝統を経験している人々がいるか、ということに気がつくこと、これが大事なんだな。どこを捜すこともない。ただ、ふつうの書画好き、道具好きのなかにいるのですよ。いわゆる書画骨董の世界というもののなかに、たいへん、なんというか時代錯誤的な、たいへん複雑な形で現に生きているのです。断わっておきますが、時代錯誤的なものというのは、知的な評価なのです。審美的な評価ではない。伝統が今日も生きているということが時代錯誤と見えるというのは、傍観者の知的な目です。好き者には、そんな目はない。伝統を内側から見ますから。

そういう目に伝統の命が見えている。これは日に新たなはずのものなのです。いったんこれを見てしまった人には、これは消えそうといったって消えるものではない。そんな不自然なことができるものではない。

私は鐔《つば》に手を出したときに、こんなばかなことを考えたんだ。鐔の世界にはまだ見残しがあるだろうと。収集家が騒いでいるものは、たいがい新しいところなのです。もっと古いところにいきますと、まだ見残しがあるだろう、という感じを持ったことがあるのです。やってみると、そんなばかなことはないんだよ。これは瀬戸物の世界と全く同じなんだよ。いわゆる本物、にせ物の混合世界です。

それから本物とにせ物との間の無数の段階があります。さっき言ったように、工芸の世界は模倣でできている。みんなイミテーションの長い歴史なんだ。イミテーションのでき、不できに無限のニュアンスがあるが、いじる人は、イミテーションの動機なんて考えるもんじゃありません。そんなものはいりません。

現に目の前にある姿をたしかめることで手一杯なのです。手一杯でそれが楽しいのです。この手一杯の経験を何百年の間重ねてきているわけです。だから同じものは何十万度、何百万度見られたか分からない。どんなふうに評価をされたか実にまちまちな、不思議な評価をされてきた。その間に、永仁事件なんか何度あったか分かりはしません。たまたま犯人が見つかる場合は何パーセントでしょうかね。見つからない場合の方が、むろん多いわけですよ。それはみんな、本物の中にはいってしまっているんです。それでちっともかまわないです。見つかる場合なんて一番低級な場合なんです。論ずるに足りない。興味のない問題なんです。いわゆる好き者から、つまり尋常な状態から見ますとね。

だいたい本物、にせ物の見分けより、本物同士の間に上下をつける方が、むずかしくおもしろいことなのだ。そんなことを何百年もやっている間に、この雑然たる世界に、動かせない秩序が生まれてくるのだね。鑑賞というものは、その秩序を許容しておのれを失うことなのです。生意気なことをこちらから勝手に言う、そんなものじゃないんです、あの世界の経験は。

ただ、あの世界にはいらない人は、美術なんてものは「私」の鑑賞でどうにでもなる、と思う。ことに現代人はそうです。芸術家というと、なんでも造れるような顔をしている、それが芸術家です。鑑賞もこれに似て、自分の解釈評価次第で一万円のものを五十円ということもできる。そんな気でいるのです。自己主張が好きなんだな。おのれの主張とか、解釈とか、そんなものに美があると思っている。そうじゃない、美はいつも人間が屈従するものです。物に自分をまかせる。そういう経験のうちに、伝統の流れというものが、まざまざと見えてくる。こんなことは分かり切った話ですけれども、インテリがなかなかそれに気がつかないということがある。

たとえば、私のところに、現代の美術や音楽に大変関心を持った人が来る。美を論ずる種はいくらでも持っているのです。鐔が少しばかり置いてあるのを見ると、全く関心を示さない。古い道具が置いてあると思うだけなのです。実に不思議な気がします。これはもう一種の現代審美病なのです。

文学の衰弱

江藤　そうすると、そういうことは、本当は文学の世界にだってあるわけですね。

小林　あるわけでしょう。しかし現代の文学が美を失っていると言えば、美という言葉の意味が、おかしくなっているのだから、もうすぐ誤解を生ずるでしょう。物を見る目を失っていると言った方が、いいのではないかな。作家はもう物を見ない。ウワのソラで書いていると言った有様が見えるね。外に見えるものでも内に見えるものでもいい、ともかくしっかりと物を見なければ何もはじまらぬわけではないか。それが、実に衰弱してしまった。

ぼくは審美家ではない。ただ目が物を見るということを重んずるのですよ。リアリズム小説が、変わってくるのはよい。だけど、物が見えなくてはだめじゃないですか。永井荷風③の思想を、どうこう批評するのはよろしい。だが、神楽坂なら神楽坂を慎重に見るという態度は、あの人の死とともに終わってしまった。それが重点なんだな。あの人は何をおいても、物をよく見る人であった。そこが大事なんだな。

私小説が、だんだん変ったものになる。それはそれで少しもかまわぬことだし、当然なことでしょうが、そのために日常経験というものが紛失していいわけはないでしょう。文学から美が失われたといえば、美などどうでもいいと言うでしょう。

実は美が誤解されたのです。誤解されっぱなしなのです。美なんか見ていない現実を見ている、などというのです。だが、現実の材質を見ない。現実の膚や土を見ない。絵付けを見ているのです。現実の土から、どんな男女が、造化の力によって作り出されているかを見ない。現実は、ある構成物として見えているのですよ。それを分解し再構成する。その手つきを誇っているように思えてならない。

ひと昔前の作家は、女が描けているとかいないとかよく言ったね。ああいう言葉は意味深長なのだ。もうそんなリアリズムは不要だ、ということでは済まぬものがあるのです。リアリズムという形式とは一応異なった内容があるからです。

それは女をじかに見ているとか、経験しているという意味なのだ。目のたしかさを言うのです。言ってみれば、女には焼き物のように、本物からにせ物に至る無数の段階がある。解釈などを、まず一切すててこれにつきあってみて、はじめて見えてくる材質があるのです。それをつかまえていなければ、文学なぞありようがないではないか。

江藤　小林さんが、そういうふうに文学にみきりをつけたのは、いつごろです。

小林　みきりなんてつけたわけではないです。そりゃいわば文壇伝説でしょう。至るところに伝説がある。ぼくはそんな言葉の遊戯を信じないのですよ。言葉に慣れてきた生活を、今さら音や色に代えられますか。美の問題は「私」の経験そのものの問題になってくるのを、はっきり意識するようになっただけです。美しい物ができ上がってくる過程が言葉を操ったり、物を考えたりする基本的なモデルになっていく様を見ているだけです。

ちかごろフィクションという言葉をよく使いますね。空想と言っては気が済まんのでしょう。現実に屈服せず、これを自由に、とくに知的に意識的に作り直して提供したいという意味なのでしょう。どうも小説のフィクションというものは半チクだな。哲学者のフィクションの方がおもしろいな。商売では哲学はできないからな。

沈黙の感覚

江藤　この間お話うかがった時に、絵をみていると、あまり文章に影響を受けないけれども、音楽は文章に響いてくるもんだ、ということをおっしゃいましたね。ぼくはこれは大変おもしろいことだと思いました。

小林　ええ、しかしどうもよくわからないことです。ぼくの文章は、評論で描写抜きですからね。音楽は描写をやらない。あるリズムの魅力が、影響するのでしょうか。だが、絵というものは、なんだか歯がゆいもんですね。さわることができないからね。だから絵を見ていると、しきりに言葉が浮かぶのです。しかし、そんなことは、ぼくの単なる習癖かも知れない。だが、ぼくは音楽は好きでしてねえ。

この間シュタルケルというチェリストを聞きました。ひどく感動した。チェロなどという地味な音楽に、よく人がはいりますねえ。あれはたしかに人々が望んでいるのですね。日本人のセンシビリティは、あれをたしかに望んで、たしかに望んだものを得ているのですね。そんな気がした。文学読者より、あの会場には真面目な幸福を望んで、それを得ている人が多いと、私は久しぶりで音楽会に行って感じましたよ。あそこには間違いのない美と真実があるのだ。助平根性で正義病も、ばか騒ぎもありません。ささやかな、しかも努力した楽しみの経験があるのです。ああいう楽しみを侮べつするのは、生意気な感傷的なことでしょうね。私だってそうだが、シュタルケルなんていう演奏家は、皆レコードで知っていて、待ち受けていたんですよ。

ぼくは、レコードファンというものを尊重しています。あれは決して新しがり屋ではない。伝統的な日本の美感の上で苦労している人種です。焼き物好きなんかと実によく似たところがあるんです。

江藤　音楽というものは、全身にさわってくるようなところがありますね。直接は耳できくのですけれども、耳だけで聞いているわけではないのですね。

そうすると文学の世界というものはどういうことになりますか。

小林　詩でしょう。

江藤　それだって、やはり、さわれなければしようがないですね。

小林　そうですね。
江藤　人と人が触れ合えなければ、何も経験できないわけでしょう、文学を読んでいたって、そうすると文学というものはなんでしょう。
小林　君は、さわってくるということを言うが、ウイリアム・ジェームス流に言うと、さわるという感覚は、生物に一番基本的な感覚なのです。進化論的にはアミーバ以来のね。現代はこの感覚が文化の上で衰弱した時代と考えられないかね。さわるというのが一番沈黙した感覚なのです。ぼくが物を見るというのも、さわるように見るという意味なんです。現代はおしゃべりの世紀なんだ。だからいったん黙ると、狂人のように行動するだけだ。

（昭和三十六年一月）

注

＊「美について」　二人の批評家の初顔合わせ対談が掲載されたのは創刊三年目の週刊誌「朝日ジャーナル」新年増大号（昭36・1・8）であった。後世から見ると、似つかわしくない舞台であるが、当時は江藤の活躍する媒体に小林を迎えたという恰好だった。「朝日ジャーナル」の終刊号（平4・5・29）で江藤は書いている。『「朝日ジャーナル」が休刊するという。三三年前テスト版製作に協力して以来、『アメリカと私』を連載した頃までは、常連執筆者の一人だった

私としては、勿論多少の感慨が浮かばぬわけではない」。初出時のタイトルは「誤解されっぱなしの「美」」で、「ある〝美学散歩〟的対話」という副題がついていた。

（1）**お会いしたとき**　江藤は『小林秀雄』執筆中（刊行は昭和三十六年十一月）には小林に会うのを避けたと回想している。「お逢いすれば圧倒されて、何も書けなくなってしまうかも知れない。とにかく書いてしまうのが先決問題だ、と思っていましたので、雑誌に連載中は絶対に逢うまいと覚悟を決めておりました」（「小林秀雄と私」、中公文庫『戦後と私・神話の克服』所収）。これが記憶違いである何よりの証拠が本対談である。江藤が小林に会ったのは昭和三十五年（一九六〇）十月十一日であった。60年安保騒動の余燼冷めやらぬ時期である。小林と江藤の双方の担当編集者だった「新潮」編集部の菅原國隆が引き合わせた（小林も菅原も江藤も府立一中［日比谷高校］の出身である）。鶴岡八幡宮の裏山にある小林家を訪ね、その後は天ぷら屋でご馳走になっている。大洋ホエールズ対大毎オリオンズの日本シリーズ第一戦の話題で盛り上がった。小林は江藤に刀の鍔の収集についても話している。小林の随筆「古鍔」（「朝日新聞」昭36・1・4）で書かれることだったと想像できる。小林は「日本人の眼の働きの鋭敏と繊細に、今更のように呆れ」ている。

（2）**政治の過剰**　江藤は安保闘争からいち早く撤退を宣言し、「若い日本の会」を解散し、しばらく療養生活を送った。対談日の前日に発表されたのが丸山眞男と清水幾太郎を批判した「〝戦後〟知識人の破産」（「文藝春秋」昭35・11）である。その時期、小林も「病気をして引きこもって」おり、「考えるヒント」の連載も休み、その間にプルタークの「英雄伝」を通読した。「考えるヒント」の一篇「プルターク英雄伝」（「文藝春秋」昭35・11）は小林の60年安保批判であろう。「進歩したのはデモクラシイの理論であって、その実行の困難には進歩なぞあり得まい」、「人民の支配、という今日流行の言葉を、ペリクレスはよく知っていた。そんな馬鹿げた事は永遠にあり得ない、と」といった小林の言葉を、江藤は「論壇時評」（「毎日新聞」昭35・10・20）で引用する。

（3）**永井荷風**　永井荷風は対談の前年、昭和三十四年（一九五九）年四月に、千葉県市川市の「陋屋で、数千万金を傍にしながら吐血して絶命」（江藤淳「孤高と個人主義」）した。江藤は「永井荷風論――ある遁走者の生涯について」（「中央公論」昭34・9）を書き、荷風の生涯に共感しながら批判していた。小林は「考えるヒント」の一篇「読者」（「文藝春秋」昭34・9）で、「永井荷風氏が亡くなったという事件にしても、その明らさまな、多量な報道は、この作家が、ひそかに運んでいた文学という塩の糧道については、一言も語り得なかった」とジャーナリズムの無理解に言及していた。荷風の「神楽坂なら神楽坂を慎重に見るという態度」については、江藤は後年『荷風散策』で、戦前東京の時空間をそれぞれの土地ごとに的確に描き分けた荷風文学を味わい尽くすことになる。

孤独を競う才能

江藤　このごろ東京には、たびたび、おいでになりますか？

小林　ほとんど出ません。もとは本屋に関係があった[1]ので、週に一ぺんは行っていましたがもうつぶれちゃったから。

江藤　おいでになると、やはり変ったとお思いでしょう。

小林　ひどく変るので、わからないよ。渋谷、新宿なんて全然わからない。このあいだ、墓参りがあったんだけど、青山墓地がみつからなかった。紀州に行ったとき那智の滝をみていたら、このごろは滝も細くなってね。風がふくと、ゆれるんだって。上のほうの杉を切るんですよ。あすこは国立公園ということになってるけどね、滝の上はみんな私有林なんですね。商売だから杉を切る。だから滝も急に太くなったり細くなったりするんだな。あんないい滝が妙なことになったら、公園もなにもあったものではないです。地方も急激に変っている。

江藤　過去を破壊しながらでなければ変れないというのは、どういうのでしょうかね。

小林　ただ、その場のこと、その場のことをやるのですからね。先のことを少し考えれば、あとで後悔するにきまっているのだけれどもね。ドイツなんかも戦争で、古いものはずいぶんこわれたが、行ってみると、じつに忍耐強くなおしておりますね。すぐ役にはたたぬ長い計画というのは、いまの日本には全然ないな。そういうものを、みんな感傷的事業と片づけてしまうのです。

江藤　ところで、このごろ、小説お読みになりますか。

小林　作品授賞の選考委員になっているでしょう。だから、その必要上、読みますよ。(2)

江藤　いまの世のなかの移り変りが、あまり激しいので、そのなかでの自己の混乱を反映したような小説がふえているように思いますが……。

小林　とにかく非常な才能なのだな。それが、自分の位置やら読者やらを、よく意識した、よく抑制された才能なのだな。多様なのだから、どれがいいというと、たとえばフリー・スタイルの競技の採点というような気持に誘われるんで、おもしろいが、なにかつまらない気持にもなる。

江藤　ものを書くときの態度が、外側にいる他人にどうみられるだろうかという計算から、まずはじまっているのでしょうね。社会全般にそういう傾向があるのじゃないでしょうか。

小林　たしかに現代人の孤独はみんなにあるが、その孤独が生活されていないのだな。才能が孤独を競っている。才能だけが、実によく信じられているという気がするのだ。

江藤　アメリカにいますと、ひとりで、ごく普通に暮していられるのですが、いまの日本には、そういう生活を許容しないようなところがありますね。

小林　アメリカではジャーナリズムがこんなに身近じゃないんですか？　文士でも何でも。

江藤　だだっ広い国だから文壇というものはないようです。ニューヨークとかシカゴのような大きなまちには出版社が集っていますから、しいていえば一種のジャーナリズムがあるのでしょうが、文壇生活はおそらくありませんね。ただ、考えさせられたのは、アメリカでは編集者の権威が高いので、採用しても文章を徹底的になおすらしいですね。大学の先生でも、なおされて当然と思っています。

小林　なおされなくなるまでには、たいへんなんだね。

江藤　たいへんなんです。フォークナーの自筆の原稿をみたことがありますが、それも相当なおされていました。いまの日本の小説、評論を通じて、文章ということだって、ほんとうにわからなくなっていると思います。なにがよくて、なにが悪いのか。なくなった三好達治さんの社会随想『月の十日』を読んで感心したのですが、終戦直後ぐらいに書かれたものが多いと思うのですけれども、あれはやはり、孤独を生活している人が書かれたもので、胸にひびいてくる文章でしたね。どういってもことばで人に通じさせることのできないものが、いっぱいつまっているような文章――そういう、いわく言いがたいものを、私ども、どこへやってしまったのか……。

小林　三好君の文章は詩人の文章の典型的なものです。古いとか新しいとかいう意味ではない。原理的に詩人の文章なのです。世間にたいして、自分を修正しない。自信があったり、主張があったりするのでそれができないのではなくて、そんなことが、まったく自然にできないのだな。考えてもみないのだよ。現代のリアリストは、これを誤解するのだな。社会観察とか、あるいは人間批評、社会批判なぞは詩人にはできない、と誤解するのだな。あの人はじつによく物は見えていたのだ。だが、これにたいして、自分の気質を修正しなかったのだ。だから、つらくなる、苦しくなる。それが、かれの文章のスタイルになる。これは主観的にしかものがみえないということとは違うのです。詩人がいちばんよく歴史を生きる。これも原理的にいえそうなことだな。

（昭和四十年一月）

注

＊「孤独を競う才能」　この対談も「朝日ジャーナル」による企画である。二年間のアメリカ滞在をおえて帰国した江藤淳はすぐに「朝日ジャーナル」に「アメリカと私」を連載した。ちょうど東京オリンピックで日本中が沸き返っていた時期であった。連載終了の直後、「朝日ジャーナ

ル」新年号（昭40・1・3）で始まったグラビア企画「先進後進」の第一回で、対談は一頁しかなく、写真が二頁を占める。小林は六十二歳、江藤は三十二歳である。鎌倉の小林邸の前の坂道を散策する二人の姿が見開き二頁の大写真になっている（撮影・富山治夫）。小林は洋服姿だが、足元は草履ばきで写っている。

（1）本屋に関係があった　批評家としての小林の仕事で見落とせないのは執筆と並行して行われていた編集者の仕事である。戦前の「文學界」の編集、戦前戦後の創元社での仕事である。昭和十一年（一九三六）にアランの翻訳『精神と情熱とに関する八十一章』を出したのが機縁となり、創元社の「創元選書」の企画に加わり、主導した。戦後は小林編集による豪華雑誌「創元」を刊行、昭和二十三年（一九四八）には創元社取締役に就任、昭和三十六年（一九六一）十月に辞任するまで、毎週一回上京して、企画、経営に携わった。小林のもう一つの重要な言論活動である。

明治大学文芸科の教え子だった秋山孝男は卒業後、昭和十三年の秋に創元社に入社した。「当時創元社の本社は大阪に在り、東京は支店で、社員は編集長、営業部長の二人で、他に配達の少年が一人いた。四谷塩町の露地を入った支店長の自宅が事務所であった。（略）この年の十二月からシリーズ『創元選書』の刊行が始まり、小林先生の『文学I』、柳田［國男］先生の『昔話と文学』、河上［徹太郎］先生の『音楽と文化』、谷崎［潤一郎］先生の『春琴抄』、野上［豊一郎」先生の『世阿弥元清』などがその第一回発売であった。／編集顧問は先生の他に、河上徹太郎、島木健作先生などが順次加わって下さり、更に佐藤信衛先生や音楽関係で小松清先生に時々お知慧を拝借した。青山二郎先生も『社員を教育してやる』といって夕方になると時々現れて、銀座や浅草界隈へつれ出して下さった。／編集会議はほぼ月に一回、夕方から行われた。当時先生方は三十歳を半ば過ぎた頃で、酒も強く議論はしばしば一商業出版社の刊行物を選ぶという域を脱して、白熱した芸術論・文化論に発展することがあり、人類遺産の素晴しさや美について、私は眼から鱗が落ちる思いで聴き入った」（「編集顧問としての小林秀雄先生」『文芸科時代Ⅱ』所収）。

敗戦直後、「創元」に吉田満の「戦艦大和ノ最期」を掲載しようとした（GHQの検閲により掲載不許可）ことは、大岡昇平に「俘虜記」を書かせたことと共に、特筆に値しよう。兵隊三部作を始めとした『火野葦平選集』を昭和三十三年に創元社から出したのも小林の尽力であった。

秋山孝男の戦後部分の回想を以下に引用する。「社の出版活動は年々拡大されて行き、先生が顧問であるということのために、我社で出版して下さる著者も多くなっていった。それにもかかわらず、社業は資金的に行き詰ってしまった。先生の自宅へ『印税を何とかして貰えまいか』と掛合う人もあったりした。私達は先生の顔へ泥を塗ってしまったわけである。／先生は私達と一緒に非常に悩み、且つ強烈にお怒りになった。／『何だ手前達『売れています。売れています』と言って俺を騙していやがった。馬鹿野郎！　……出版は商売じゃないか。商人だろう。商人ならなぜ金銭に情熱を持たないんだ！　不渡りなんか出しやがって、間抜奴《め》！　……文化事業をしているような面をしやがって、馬鹿野郎！　……』／社長と私とを並べて延々と憤怒が爆発したのである。度々叱られたが、この時ほどこたえたことはない。今も思い出すと身が引き締まる。社が再建できたのもこの激怒のお蔭、とも言える」

江藤は小林に倣ったのか、編集者としての仕事を重視した。「季刊藝術」の編集と出版社「北洋社」の仕事である。

(2)小説　その必要上、読みますよ　この頃、小林は新潮社文学賞と読売文学賞の選考委員を務めていた。江藤の質問は授賞が決まって間もない新潮社文学賞についての感想を促しているように読める。同賞の候補作は大江健三郎「個人的な体験」、北杜夫「楡家の人びと」、福永武彦「忘却の河」、吉行淳之介「砂の上の植物群」で、大江が受賞した。小林は授賞に賛成している。「大江氏の作は、何か小品めいたものを読んだだけで、初めて読むようなものであった。それが為か、先ず大変斬新な趣向を感じたが、読み進むうちに、物語を追うよりむしろ画でも見るような自然な感覚が私を領し、その色調が、あざやかに見えて来た。それは、作者が主人公の為に、『鳥《バード》という子供っぽい渾名』を発明した。まさにその発想通りに、正確に出ているように思われた」（「選評」「新潮」昭40・1）。

歴史と文学

向陵精神の崩壊期

江藤　なにから伺ったらいいでしょうか。……最初に学生時代のことをおききしましょう。小林さんは高等学校時代から、志賀さんや武者小路さんとお付き合いがおありのようですが、あのころの学生にとって、「白樺派の文学」というものはどういうものだったのでしょうか。武者小路さん、志賀さんという存在をどういうふうにごらんになっていたのでしょうか。ぼくらには、あのころの知的雰囲気はもうよくわからなくなっていますので。

小林　ぼくが高等学校時代大正十年から十四年のことですね、あのころの知的雰囲気というのは、一高では、二派に分れているんです、一つは左翼ですよ。もうすでに、新人会ができていたんです。

江藤　関東大震災のあと――

小林　丁度その頃かな。一高の向陵精神の崩壊期ですよ。別の一つは愚連隊(1)に走った。一高生だなんて威張っているプライドなんかはなくなってくるころなんです。ぼくらが入ったころは。だいたい一高生でもって頭の毛を伸ばしたのはぼくなんかが最初じゃないかな。それは三年生くらいのやつは伸ばしていました、大学に行きますから、床屋へ行かないでだんだん伸ばすわけですけど、一年生の時伸ばすというのはぼくなんかが初めてですね。絶対刈らんでしょう。すると向陵委員に呼びつけられる、刈れといわれる、そんなこと勝手だ、ぼくは刈らん、とがんばるんですよ。鉄拳制裁なんか、やられました。ぼくらの知的雰囲気というとそんな程度なんで、武者小路さんとか、白樺派とか、どれがどういう、細かい所まで行かんのじゃないんですかね。ぼくは、柳宗悦さんの身内の石丸重治君を通じて、志賀先生に小説をみてもらったりなんかできましたから、あなたのいう、そういうこともありますね。知的雰囲気というのは、一般的にいえばそういうことですね。

江藤　特に、一高生のある部分が白樺派に親近感をもっていたというようなことは……。

小林　そういうことはないですね。

江藤　向陵精神の崩壊ということですが、やはり大正十二年の震災が、大きな影響を及ぼしているのではないでしょうか。

小林　ぼくもそう思います。これは思想上の事件ではないがやはり何か衝撃といったものはありましたね。ぼくらは一高に入っても、もう寮にはいたくなかったし、そういう向陵精神といった気風もそのころまでじゃないんですか。

江藤　震災の時は一高に？

小林　そうです。初めは全員が寮に入れられるんです。あれは絶対入らなければならないところなんです。それからいろいろ願いをだして、体が悪いとか、家が無人だとかいうと寮をだしてくれるわけなんです。ぼくは家が無人ですから、通学になったんだけれども、寮に入っている時にもう帽子を二つ持っていました。一高の帽子とソフトと。それで、遊びに行く時はソフトのほうがいいから、ソフトで遊びに行くわけですよ。学校には一高の帽子をかぶって。そういう時期がぼくらの時期です。ぼくらの時代から、そういうものになったわけです。それからずっとです。だから、なにも左翼の学生を世間に出したからどうということはないんです。ただ、なにかしら反抗したい、そういう気になって左翼に行ったんです。これはもう、はっきりしているんです。

江藤　そのうちに不景気になるわけですね、昭和二年くらいからですか。銀行の取りつけさわぎが起ったり。そのうち就職難の時代がくるわけですが、当時の一高で向陵精神が崩壊したということの裏には、こういう時代の不安が反映されていたといえるのでしょうか、つまり、一高、東大出身という人々の値打ちが下落して大衆化したという感じが、青年のあいだにあったのですか。

小林　そんなものは感じていないですね、ただ、あのころの一高生というものは、今ではとても考えられない特権階級ですよ。一高生というものを、みんな特別扱いにしていたし、そば屋、おでん屋、料理屋にしろ、金がなくても一高生ならちゃんと食べさしてくれたし、一高生のほうだって借りたものは必ず返したし、そういう自尊心もあった。一高生といわれていますから、どうしたって一高生みたいにふるまいますよ。そんなふうなものですからね、あのころの学生というのは。だから、世間からの影響力というものもそこを通してからでなければ入ってこないわけですよ。今の学生に対する外の影響の仕方とは全然違う、愚連隊になったというのも世間から直接というのじゃないんです。

江藤　エリートの城の中で……。

小林　そう。だから、左翼なんかにいく奴はぼくなんかより金があったですよ。

江藤　そうだったようですね。

小林　そこはちょっと今の考え方ではわからないですね。

江藤　そのころ左翼にいった人といいますとどういう方たちですか。小林さんと同期で。

小林　知りません。ぼくは全然関係なかったから。

江藤　全然付き合われなかったのですか。

小林　大学のほうに先輩がいて、その子分どもが一高にいたわけですが、そういうのをぼくらは全然軽蔑していました。付き合いもしないし、だから、そういう人は知らないんです。連中が図書館とか道場で密談していたりしているのは知っていました。その程度です。

江藤　その頃の上級学校は、どうも今日われわれの観念にある大学とは違うようですね。

小林　全然違います。特権階級です。

江藤　実は最近、早く死んだ母のことを調べてみようと思い立ちまして、日本女子大の図書館に行って、昔の校友会誌をみてみましたらいろいろ面白い発見がありました。家庭週報という同窓会誌の囲み広告に、「当方一高文科三年に在学中の青年にして、中学校受験の子弟の家庭教師を志望す、云々」というような文句が誇らし気に出ていました。昭和六年ですから小林さんの時代より大分後になりますが、それでも何かピカッと光る感じがしますね。もうひとつ、今、小林さんがおっしゃったことで思い当ることがあります。昭和二年というと、銀行の取りつけさわぎのあった年ですね。その最中にあった女子大の入学式の告辞すらこの大事件を歯牙にもかけていないのです。ずいぶん違う時代なんだなと思いました。

小林　そう、そんなことは歯牙にもかけていないですね。

江藤　大学で仏文科に進まれたのは、文丙（文科丙類・フランス語を学ぶ）に入られたから、必然的に進学されたというわけでしょうか。

小林　ぼくが文丙に入ったのは、友達が先にそこへ入っていたもんで入ったんです。とにかく中学生の時からフランス文学をやろうと考えたおぼえはない。ただ、それだけのことです。

江藤　お友達といいますと、どなたですか。

小林　木村という男です。ぼくはずっと親しかったんですが、こいつが先に入りましたからね。実は、ぼくは野球[2]やっていたんですよ、中学時代に。府立一中（現在の日比谷高校）では、野球を許さなかった、ゴムマリならいいが、ほんとの硬いやつは許さなかったんです。だからぼくは、池袋の時計工場のチームに入ったんです。こっちは好きだし、そこで一緒にやっていた男が先に一高に入って、野球部に入ったんです。そいつがぼくを野球部に入れたくてしようがなかった。だからぼくは、一高の合格が官報に発表になると同時に、入学式もすまないうちに一高の野球部に入っちゃったんです。

江藤　野球部にまず入学された……。

小林　そのとき、そいつが文科にいたわけですよ。丙にね。だからぼくは文丙に入った。

江藤　あまりガリガリ勉強しないところだったんですか。スポーツのできるような雰囲気で……。

小林　そうじゃない、文丙というのが入りやすかったということはないです。

江藤　いいえ、入りやすいという意味ではなくて、入ってから何となく野球がやりやすいというような意味で……。

小林　いや、そいつがフランス語がいいぞとかなんとかいってね。そんなことで、もう単純なことですよ。フランス語やったらどうということをぼくは考えていなかったんです。

江藤　当時フランス語の先生はどなたですか。

小林　石川剛さんと、あのラシーヌの先生の内藤濯さんです。野球部にはひと月いましたか。キャプテンと大喧嘩しましてね、やめちゃったんです。

江藤　まだポジションも決らないうちに。

小林　ええ、それはもう、とてもあなた方には考えられないですよ。キャッチャーだってあんた、あれなんといったかな……。

江藤　プロテクター。

小林　あれはしていましたね。臑当なんかありはしない、それに靴下なんかもはいていない、素肌が出ているキャッチャー、そういう時代ですからね。それから内村祐之、あれがあちこちの大学の野球部と試合して全部やっつけちゃってね。一高というのは凄かったんです、野球は。全盛時代ですよ。そのあと木内というのが入ってね。

江藤　経済研究所の木内信胤[3]さんですね。

小林　あれが監督ですわ。ぼくは外野やっているんですよ。それで、こっちへこい、お前キャッチャーやってみろというんです。ミットなんかくれはしない。グラブで受けさせるんですよ。それでボンボン放ってくるのを、仕様がないから受けるでしょう。それが喧嘩の元なんです。手があくる日になると、青くなって、三倍くらいに腫れ上っちゃって、動かないんです。それから、キャプテンのところへ行って、こんなになったから休ましてくれといったら、お前休んだら手がいつ固まるか、休ませないという。ぼくはもうおこって、ミットなんかいらないからと、すぐやめちゃったんですよ。そんなもんです。あの頃の野球部なんて、今の野球部ではとても考えられない。

江藤　内村がなで斬りにした時の選手もやっぱり臑当なしの……。

小林　そう、それが向陵精神なんですからね。

遊蕩とアルバイトと

江藤　そういうバンカラがまだあったんですね。そのころの校長はどなたですか。

小林　菊池寿人さん。あの人が、向陵精神が衰えている、このごろはなんとも歎かわしいことだと心配して、訓辞なんかしていました。髪なんか伸ばしたり、いろんなことがあっても鉄拳制裁というものはあったんです、ぼくなんかやられたんですから。ぼくはその頃からもう愚連隊だったもんだから。女遊びに行くでしょう。みんなソフトかぶって行くんです。

江藤　どこへいらっしゃいました。
小林　私は「十二階」下というのはさすがに知らなかった。これは震災で燃えて、全部向島に移ったんです。で、そこへ有名な、大変なものができたわけです。これは今なら、安ものの二階建のアパート群ができたようなもんで、もう壮観だった。何度行っても道がわからない迷路みたいなものが出来ちゃったんですよ。行くでしょう、女に会うでしょう、こちらは酔っているから、今度そこへ行こうと思うんだけれども、その道がわからないというくらい。ぼくはそこの地図を作るのに熱中しちゃって……地図を作るんですが、それがなかなかできないんですよ。
江藤　その地図は売れますね。
小林　それは人には見せないんです。そういうことやっていたわけなんで、あるときなんか、ぼくの鞄の中からとんでもないものが沢山出てきちゃって……それを見つけられて、「鉄拳制裁するから、何日の夜グラウンドに行っていろ」。仕様がないから、ぼくを野球部に誘った奴、こいつは運動の天才で、その頃柔道部に入って、一番強いんですわ。とにかくなぐられるのは仕様がない、おれがついて行って加勢してやるから、という。そいつを連れて、ぼくはグラウンドに行ったんですよ。そしたら、ぼくを呼び出した奴は酔っぱらって、ふらふらしているんです。馬鹿なことですよ。なぐろうとして逆にひっくりかえっちゃってね。それだから向陵精神の衰えさ。ほんとうならなぐられちゃうところなんだが、そういう形式的に鉄拳制裁とか何とかいうものがまだ残っていたけれども、もうすでにだめだったね。愚連隊の方が勝ちですわ。そういう時代といえば時代なんですね。だから、今みたいにせちがらくなかった。それで、ぼくは金はなし、大学を出れば生活していかなければならんということは、よくわかっていたんです。親父が死んだし、金はなしと。だけど、そういうことに対して心配というものがどうして起らなかったかと、不思議ですね。ぼくは、何しろ、食えないなんていうことはあり得ないと思っていたんです。誰でもそうでしたよ。だから、文学やろうが何やろうが、食うくらいのことはできる。第一アルバイトがそうでしたからね。ぼくらは大学へ入ったとき、もうアルバイトしてました。アルバイトのうち家庭教師は一番金になりましたね。その頃の家庭教師で、一週間に一度行って、夜ですが、二十円くれたんです。というのはね、帝大の生徒を家庭教師にするというのは大変なことだし、それに家庭教師なんかやる人は少いし、行ってやるといえば、向うはちゃんとごはんを食べさせて、一時間位子供をみてもらって、それで二十円。他に翻訳だって、いくらでもあった、嫌だというくらいあった。第一フランス語やっている人そんなにいないでしょう。共済会というのがあって、そこへ行ってなにかないかというと、これはいくらこれはいくらといってくれる。心配は全然しなかったですね。それでちゃんと食えるんだもの。ぼくは同棲していましたよ。家を借りて、ちゃんと毎日酒飲んで暮せたんだから。

江藤　その頃、同棲されて、家をお借りになって、月にどのくらいかかりました。

小林　だいたいその頃十八円くらいの家賃ですよ。百円あればもう十分で、その百円とることは、そうむずかしいことじゃない。家庭教師は二十円くれるし、四軒やれば八十円でしょう。

江藤　そうですね。四軒位むずかしくないですね。それに翻訳の分を足せば。

小林　翻訳がその頃一枚十五銭位でしてね。どうせぼくらがやったのは、ファーブルの『昆虫記』とか、天文学の本とかいうものですが、あんなものいくらでもやれるからね。一枚十五銭だって、すぐそのぐらいになっちゃう。

江藤　百枚で十五円ですからね。いいですね。そういう時代にかえらないかな。

小林　そんなことして、金はみんな自分で儲けていたし、それで貧乏したなという気はひとつもしなかったですね。そういう感じがみんなあったんです。ぼくらは金がなかったから、そんなことやりましたが、普通の学生は、小遣いはあるし、そんな心配なくやっていたわけですよ。金があって、仕様がなく、なにか左翼でもやろうというようなことになったんです。とにかく、みんな気位が高いですよ。

江藤　それは左翼だって、これからの日本を指導していくという自負心があって……。
小林　無論、そうですよ。大変な理想主義者です。林房雄君なんか左翼になって、酒も煙草もやめるんですからね。こうなったら奮い起たねばならんといって……。
江藤　林さんとお会いになったのは、もっと後ですね。
小林　そうです。
江藤　大岡昇平さんのところに家庭教師に行かれたのは、帝大に入られてからでしょう。これは村井庸男さんの紹介ですか。
小林　村井の紹介ですかな、そうでしょうね、多分。
江藤　当時大岡さんは成城の尋常科ですか。
小林　いや、高等科ですね。
江藤　フランス語を教えられたわけですか。
小林　そう。
江藤　しかし、とんでもない圧倒的な家庭教師についてしまったもんだな。どんなふうでしたか、そのころの大岡さんは。
小林　覚えていないですね。
江藤　その頃何軒かやっておられましたか。

小林　ええ、やってました。河上徹太郎君もやっていたし……。

江藤　大岡さんは、その頃どこに住んでおられたんですか。青山ですか。

小林　渋谷の方ですね。

江藤　その頃「大調和」という雑誌からは稿料くれたんですか。

小林　くれました。でなければぼくは書きません。

江藤　『芥川龍之介の美神と宿命』、あれは昭和二年ですが、稿料はいくら位だしたんですか。

小林　さあ、いくら位だったかな、忘れたけれども。

江藤　一円位かしら、もっとですか。

小林　一円位じゃないですか。

江藤　しかし、かなりのお金になりますね。ボードレールの『エドガー・ポオ』の翻訳などは、『続々文芸評論』にも出ておりますけれど、たまたまこれは文学書だから載っているので、その外にもいろいろなものを訳されていたんですね。

小林　しましたね。

江藤　やはり、ボードレールをお訳しになる時は、多少外のものをやるのと違いましたか。

小林　それはボードレールは別でした。普通のものはみんな下訳です。あと誰の名前で出るか知らないし、本も貰えないし、そんなものが随分あるんです、出たのか出ないのかさえわからんようなやつが。

江藤　下訳はぼくも少しやりましたが、これは哀れなもので、子供の探偵小説とか、そんなものでした。

小林　あなたの頃はもう、そんなに仕事なかったでしょう。

江藤　一番ひどい時でしたね。その意味では今の学生の方がまだ恵まれているんじゃないでしょうか。ぼくは慶応でしたけれども、戦災の一番ひどい学校で、一時占領軍に接収もされていましたから、アメリカさんののこしていったかまぼこ兵舎で講義を聴くのです。雨が降ると先生のいわれることが聞えないんですよ。トタン屋根にあたるタン、タンという雨の音で。

小林　それは確かにそうだな。だから昔の一高生のように、若い学生に一つの自負心を社会が与えておくことも大事なことですね。

江藤　自負を持つということは責任感を持つことですからね。今は責任感を持つと自他を傷つけるような時代になりましたけれど……。責任をもたないで、なんとなく人の尻尾にくっついて動いていればうまくいきますけれども、やらなければと思って責任感を持つと角が立ってしまうような、非常にむつかしい時代になりましたね。だからあまり学問もしなくなる。

小林　そうですね。

知的興味の赴くままに

江藤　「改造」の論文に応募された時のことを少し伺いたいと思います。あの時はもう奈良から東京に戻っていらっしゃっていたんですね。

小林　そうです。あれは確か、東京に戻った年じゃないですか。千葉の、大原というところで書いたんです。

江藤　ああいう試みは初めてだったんでしょう。雑誌が文芸評論を募集したというのは。

小林　その頃初めてだったかもしれません。評論の懸賞なんてなかったでしょう。

江藤　一高におられた頃、既にもう大分左翼学生がいたという話をうかがいましたが、小林さんが同棲されたり、奈良に行かれたりしている間に、大学の中でも左翼の人は、だんだんふえたわけでしょう。

小林　そうでしょうね。無論こっちは読んでもいましたけれども、興味で読んだんで。

江藤　左翼文献をですか。

小林　ええ、ぼくが関西にいた頃警察に捕ったのは、クロポトキンの自叙伝を持っていたからですよ。そんなことでも捕る世の中になっていましたから、非常にふえていたでしょう。

江藤　どういうものを……マルクスなんかお読みになりましたか。

小林　いや、その頃マルクスは読んでいないですね。ずっと後ですね。

江藤　文壇に出られた後で、論争の必要上……。

小林　そうです。

江藤　そうすると、今になってみればはっきりし過ぎているようなことですが、左翼思想に知的な興味を一応お持ちになりながら、そういう方向に行こうとされなかったいちばん大きな理由はなんでしょうか。

小林　それは自分の興味です、青年というのは比較なんかしませんから、そういうものじゃないですか。ぼくは、フランス文学は大変面白かったんです、大学時代。もうほんとうに、外のものなんて読む暇もないし、興味もないし、それで手一杯ということですよ。だから、外のものと比較するという観念はなかった。そういう非常に単純なことです。あの頃はみんなそうです。

江藤　何を面白いと思うかということですね。

小林　そうです。比較なんかしないんで、すうっと行っちゃうんですね、そういうふうなものだったんだね。だけど、この頃の若い人は比較することを覚えて、突っ走れないでしょう。それでまごまごと批評家になるんだね。ぼくの時代は、非常に単純なものだったな。だから、歴史を書くのは非常に難しいね。

江藤　そうですね。いくら資料を集めて並べてみても、その時代に生きていた人の生活感情というか、没頭ぶりというか、そういうものはなかなか感受できない。

小林　だから、歴史を書く時、一番難しいのは偶然性です。偶然というものを歴史家は取り除けようとするんだが、何故取り除けてはだめかというと、歴史に一つの必然的なある構造があるとすれば、偶然の中にもあるんです。ところがよくみえないだけなんで、そいつを取り除けるから、おかしなことになる。突っ走ったって何かありますね、そこには。

江藤　先だって岡潔さんとの対談の時でしたか、マルクスの思想には大して興味は持たなかったけれども、アインシュタインの相対性理論というような自然科学上の考え方の変革には大変興味を持ったとおっしゃっていましたね。その辺のことを伺いたいと思います。あれは大学におられる頃ですか。

小林　そうじゃないですね。後です。

江藤　アインシュタインが来たのはいつでしょうか。

小林　ぼくの高等学校の頃。

江藤　震災の直後くらいですか。

小林　そう、あの頃アインシュタインのものが沢山出ましたし、読んだことはみんな読んだでしょう、インテリは。

江藤　『様々なる意匠』で世に出られた後、文芸時評を連載されましたね。あの時はすでに小林さんは、きわめてユニークな新しい批評家として一家を成しておられた。「文藝春秋」という場でご活躍になったのですが、当時の文壇の多数派であるマルクス主義者、あるいはそのエピゴーネンに対する辛辣な批評が、この時期のお仕事の根幹をなしていると思います。その時小林さんのお仕事を支えていたのはなんだといったらいいでしょうか。やはり、人生が彼らのいうようなものであるわけがないという、確信というか、信念がおありになったんでしょうけれども。

小林　マルクス主義といっても政治運動としてのマルクス主義は別でしょう。けれども、文芸の中に入ったマルクス主義、文芸の歴史的な、社会的な分析とか批判というものはフランスではもうすんじゃって、詩人的な批評がでてきていて、ぼくらはそれに非常に感動したわけでしょう。だから、文壇のマルクス主義の文学論というものは、比較とか何とかいうことじゃなしに、大変時代遅れなものとぼくにはうつったわけなんです。ただ、そこには政治性というようなものがありますね。

江藤 マルクス主義が時代遅れにみえたといいますと……。

小林 マルクス主義の文学理論にひかれた青年たちは死んだように見えたんですよ。この人たちは、「近代」を通過してもいないようで、まるっきり死んだように見えたんです。

江藤 「文學界」をお出しになった頃、昭和八年ですか、あの頃の小林さんについて、文学史家のなかには、左翼が一応弾圧で壊滅した後で、一種の知識人の人民戦線を作ろうという意図をもって小林さんや林（房雄）さんが、雑誌をはじめられたのではないかという推測を行っている人たちがいます。あの時、ああいう雑誌をお出しになった心境をお聞かせ戴きたいと思います。

小林 そういう意図はちっともない、全然ないですね。後の人がそういうふうに解釈するのは都合がいいかもしれないが、やっている当人というのは非常に単純なんで、そんなことはないですね。

江藤 たまたま私自身今、「季刊藝術」という雑誌を出そうとしているところですので、伺っておきたいと思いますが、それではどういうきっかけで、「文學界」という雑誌が出現したのでしょうか……。

小林 私が若い頃にランボオなんか読んだのは、ランボオを理解したとかなんとかいうことじゃなくて、ランボオを契機に、あるひとつの、今迄わからなかった考えがわかったというふうなことなんです。それは、彼が文学を捨てちゃったということ、それがぼくを大変動かしたんです。だからぼく、ランボオに出会ってから、文学というものをほんとうは屁とも思わなくなった。そこで、出来たものはなんだというと、ヒューマニズム文学とか階級文学とか、人類のためになる文学とかいうようなことをいっているのがもうおかしくてしようがない、ということなんですよ。そんな事が、若い頃にはあるんです。「文學界」だって、何とか戦線の文学を作ろうなんていう考えではない。「なんだお前達、そんな勝手なことといったって、自分の雑誌を一つも持っていないじゃないか、左翼だってみんなやっているのに。そういうことがおかしいと思わなければ、何文学だってだめだ。とにかく、勝手に書けて、金がとれて、売れて、大変都合のいいような雑誌がどうしてぼくら、みんなの協力で出来ないんだろうか」と、それしかぼくにはないんです。菊池寛という人にひかれたのもそういうところがあるんです。あの人は全然信じていません、文学なんていうものを。そういうところにぼくはひかれたんです。そういう動機はね、これは分析していうとどういうことになるか、あんたなんか考えてみてくれるといいんだが、決して観念的なものはないんです。第一、今度はドストエフスキイを書きたいと思っても、誰が書かせてくれるのか。長ったらしくてどうにもなるものじゃない。とにかくそんなものを、勝手なことを書きたかったんですよ。だから、いちばん先きに書き出したんです。そういう自分の欲望があるでしょう。欲望が満たされるような雑誌が手元にないということはおかしなことでね。

江藤　それはその通りだと思います。雑誌を出すということは見様によってはバカバカしいことで、何んでこんな面倒なことやるんだろう……と考えることもあります。しかし結局、それは書きたいからというところに落着する。勝手に書きたいものを書いて行きたい、そういう確かな場所が欲しいという気持からとしかいえません。そういう単純なことを人が理解しないのはおかしいですね。

小林　そう。

江藤　単純なことだけれども、重要なことだと思います。

小林　そんなことから何かが生れるんでね。それは何か、ある観念から生れるわけではないですよ。ほんとうに必要なものから生れる、その必要は確かに自分にあったんだから。

歴史と文学

小林　江藤君、今、何歳かな。あなたの年ですか、ぼくが「文學界」を始めたのは。

江藤　三十四歳ですから、ちょうど同じ位の年まわりになりますかしら。これも全くの偶然ですけれども。

小林　やっぱり自分に必要なものから出発しないといけませんね。

江藤　はい、そう思います。

小林　エゴイスティクな欲望から始めていくのだ。ぼくら、みんないろいろ人のことも気にかけたりして生きているんですから。そういう生活の中に自分のものがあれば、それはそう頑《かたく》なものであるわけがないですよ、絶対にあるわけがない。そんな欲望は持つことが出来ないですよ。全く個人的な欲望とか、そんな世間と違った欲望なんて持てるわけがないね。だから、どうしてもというような欲望が目覚めた時には、それをやらなければだめだね。やってみれば、何だって計画通りにいくもんじゃないから、それが何かを目覚ますでしょう。歴史を、ぼくはそういうふうにしか考えていない。

江藤　そうですね。ですから、なんのためになにをした、なにを意図してなにをしたというふうに考えるというのは、原因と結果を転倒しているわけですね。

小林　全くそうなんです。

江藤　人間が普通に生きている姿を、ちょうど草花が種から芽を出してだんだん茎が伸び、花が吹くというふうには見ていない。花から逆に根を見るような、そういう見方をしてしまう。これはやはり、人間が生きているエネルギーの流れを逆に見ることになるので、必ず間違えるわけですね。この頃、ようやくそういうことが少しわかりはじめて来たような感じがするのですが、たとえば、「歴史」という言葉などは、今、特別な言葉になっているように思います。マルクス主義がそうしてしまったのでしょうか。「社会」という言葉についても同様でしょう。ある時代が人間をつくるというのはおかしないい方で、ある人間が必要に応じて、時代を、歴史を呼び求めるにすぎないんじゃないか、という気がいたします。なにも超越的な歴史が人間をとらえるのじゃなくて、人間が自分で生きる必要があるから、逆に歴史をとらえるんだろうと思います。

小林 そうですよ。

江藤 その辺が逆になっていて、そのまま流行の概念になって普及しているような気がします。ぼくは雑誌をやる以上、そういう逆転だけはさけたいと思っています。あいつは個人的なことばかり書いていてどうしたんだといわれても少しもかまわない。その方が逆転して概念化した「歴史」や「時代」よりずっと大事なものなのですから。

小林 そうです。ぼくはどうしてもそれをやりたくてやっただけだ。だから『ドストエフスキイ』なんかは稿料はもらわないんです。とにかく活字になるだけだっていいですからね。「文學界」はあれから二度つぶして文藝春秋に持っていったわけなんです。それで菊池寛との間に交渉ができたんです。

江藤　菊池寛については何度もお書きになりましたね。小林さんにとって菊池寛に出会われたことは、大変大きな意味を持っているように思いますが。

小林　そうかも知れない。あの人は文学なぞにごまかされないで、とうとう自己を知って了《しま》った人です。文学を考えている人は文学史というようなことを勝手に考えるけれども、歴史には、そんな抽象的なものがあるわけじゃない。歴史とはとても残酷なものなんで、もうこの頃ぼくは才能が何かを作るなんてこと信じていないんです、それは運かもしれない。何もいわないで死んじゃうような破目になる人もあるんだし、その人は文学史には関係ないことになるわけですね。歴史家には決してそんなことは存在しない。

江藤　ええ。

小林　やはり個人から個人に影響する力があって、この影響力は全的なものだが、大変見えにくい。殆ど目に見えない、この力は絶えず持続しているのだが、外になかなか現れない。時折、小爆発となったり大爆発となって現れるだけだ。それだけを拾い上げて整理してみても、それは歴史の表面だね。ヘーゲルという人はそういうことに非常によく気がついたけれど、哲学のシステムを書くのがあの人の運命でしたからね。

江藤　ヘーゲルの歴史哲学でもそうだと思いますが、何か、ああいうふうに、ヘーゲル自身とは切りはなされた体系ができてしまって、人間が本当に生きている姿を表現しにくなってしまったのだろうと思いますね。

小林　そうです。

江藤　ロジカルな体系をつくろうと思うと、言葉を客体としてみていかなければならない。客体として斉合させせないと論理が出来ない、という前提がある以上、そうしていくほかありません。しかし、そういうふうに人間は決して生きないのですね。言葉は客体でもあり、主体でもあるわけですから、その辺の因果関係をどう表現したらいいかというと、これは非常にむずかしいことになると思います。とてもシステムにはなりきれないと思いますね。

小林　なれないですね。

江藤　だから、常に直感を要求されるわけです。ちょうど固形食品を水に戻すみたいに、体系という平面化されたものを立体に投影してみなければならない。ぼくはこの頃、自分の肉親のことを書いたり考えたりしていますが、因果ということを考えるようになりました。仏教のことは全然知りませんから、むずかしいことは何にもわかりませんが、因果というものはどうも存在するとしか考えられなくなってきました。たとえば、私の肉親に起ったある事件を考えてみますと、それをいいとも悪いともいうことが出来るわけです。道徳的判断もしようと思えば出来る。誰が悪かったからあの時ああなったというういい方も出来るのです。それは今流行《はや》っているいい方です。しかしよく見るとみんな必然性があって生きているので、何か事件が起きる時は、かならず必然性と必然性の葛藤が生じています。その葛藤は、いわば偶然の産物ですが、容易に回避出来ないのですね。必ずそこで葛藤がなければならないように筋道が出来てしまっているのです。そしてその根を辿って行きますと、どんどん古くまでいってしまう。逆にその一方の端には私自身の存在が現に葛藤の余波を受けて生きている。こんなことは人の目から見ればつまらないことかもしれないけれども、当人にとっては非常に切実なことなんですね。それがただ、過去を背負っているということだけじゃなくて、ぼくという人間の、何かしなければならない、あるいはこういうことをしたいという意志を、やはり相当規定しているように感じられます。これは非常に切実で重い鎖なんです。そういうふうにみていくと今まで見えずに済んでいたことまで見えてしまいます。われわれには普段、親は尊敬すべきである、先祖は敬うべきであるという常識がありますから、そういう常識の秩序の中にいるかぎり、葛藤も因果もみずに済んでいるわけです。事件があっても、ただポッンポッンとした不連続の事件が見えるだけです。しかしそういう秩序の枠を取りはずして、もう少し生々しいものをそのままに見ようとする。そうするとてもそれは嫌なことですが、ある筆舌に尽しがたいものが見えないことはないわけですね。そうなりますとぼくの立場から誰を断罪するということも出来なくなります。あれがああなってきて、現にこうなっているんだなということをただだまって悟る以外にない。これがぼくの本当の歴史じゃないかと思いますが、違いましょうか。これはもう有名な人間の事蹟でもないし、勿論、現代の歴史家の考え方からすれば、とるに足りない些末なことに決っています。しかし私なら私というひとりのつまらない人間にとっては、これは非常に大きな問題なんです。勿論、志賀（直哉）さんはそういうことを小説に書かれました。作家とか文学者とかということではなしに、一個の人間として、そういうことを考えている人はいるにちがいないと思いますけれども。

小林　ほんとうの歴史家はね。立派な歴史家は考えていますね。

江藤　それはほんとうに残酷なものですね。

小林　歴史を知ろうと思うと歴史を遡らなければならない。時間を逆に歩かねばならない。そうするといよいよ残酷な因果が見えて来る。それがあんまり微細なことになって来ると押し戻されるんですよ。

江藤　そこを押していくと、ある一点で耐えられなくなり、押し戻されてくる。残酷な真実にもかかわらず生きなければならないということでしょうか。

小林　だから、残酷という言葉と必然な自然過程自体を知るということとは違うでしょう。

江藤　どう違うのですか。

小林　歴史を知ることは後向きにやるが、歴史を生きる事は前向きたらざるを得ないとでも言えないかな。だから歴史を遡って、ああこうだなと思う。実に残酷だなと思う。その意識、その意識の表現はこれから生きる方向を指す。

江藤　そうですね。ぼくは今朝、いま申し上げたような事について原稿を書きかけたんですが、うまく言葉が見つかりませんでした。しかしまさに今、おっしゃったような問題が最後に出て来るのです。ある一点で押し戻されてくるのです。そして最後に、言葉に出会うのですね。何故、自分がこういうことを書いたのかということを常に自分に問わなければならないんです。そうしますと、そこで書かせている意識というものに出逢わなければならないのです。意識そのものは残酷さとは関係がないのですね。

小林　全然ないです。

江藤　むしろ、「やさしさ」とでもいうべきものなのですね。

小林　言葉のできる時というのは、いつでもそういう性質のものじゃないかな。たとえば、歴史を調べてもいいが、夕焼けを調べても日の出を調べても同じなんですよ。詩人が言葉を得るというのは、みんな同じなんだ。

江藤　そうなのですね。

小林　あなたが書いている上田秋成という人は非常な秀才で、宣長はあなたが書いていらっしゃる通りなんです。秋成の方が正しいんです。何故正しいかというと、それは秋成がそこまで宣長の考えている所まで思い遣らないですからね。それだけの話なんです。秋成は秋成で自分の穴に落ち込んでいるんです。秋成自身知らないんです。宣長も知らないんです。歴史というものはそういうものなんですね。到るところに、充分に自己表現を行った人々の間にも暗い穴が開いているんです。歴史家はわからない課題があるということを率直に、正直に、容認したがらない。

江藤　ぼくは、文藝春秋の「現代日本文学館[4]」のために、小林さんがお書きになったものから引用させていただいて、短い文章を月報に書いておりますが……。

小林　あなた書いていますね。今度は何を書いたんですか。

江藤　『不知について』――ソクラテスのことについてお書きになった文章を引用させていただきました。それも今おっしゃったことに通じるのではないかと思います。ソクラテスは、不知というのは、人間を超えるものだといっている、とおっしゃっているでしょう。

小林　ソクラテスの不知というのはデーモンのことなんです。

江藤　ですから、全部わかるというものじゃないのですね。わからないことを認めようじゃないかということでしょう。

小林　そう。やがてわかるだろうなんてものは、デーモンではない。だから力がない。

江藤　フロイトやユンクの無意識という考え方と、ソクラテスの不知とは似ているようで全く違うものだと、書いておられましたが。

小林　フロイトとユンクは大変違います。ユンクの方がソクラテスに近いかな。

江藤　そうですね。フロイトは非常に科学的ですから。万事計量可能なもの、形に表わし得るものとして無意識というものを考えているのでしょうから。

小林　そうなんです。しかしまた、人間は意識さえ隠しますからね。例えば契沖なんか、しっかりした人生観を持っていた筈だが隠して了った。宣長は、契沖が黙って了ったものも発言した男だとも言えるんです。契沖は何故黙ったかというと、やはり、あの人は天台宗の坊さんですからね。天台宗の教義というのも、そういうところからくるんです。では表わしたものは何かというと、古典の訓詁《くんこ》だけです。世の中のためになることをやればいいのであとは私事なんです、プライベートなんです。人生についての悟りなんかは私事に属するのです。プライベートなんです、契沖にとっては。ところが宣長がそうじゃない、宣長は何で養われたかというと、儒教です。道を説くという儒学の伝統の力は強かったのだ。

江藤　それは面白いことですね。契沖が黙ったことを宣長がどうしてもいわなければならないと思ったのは。

小林　私の意見が面白いのではない、歴史というものが面白いのだ。たとえば、あなたが黙っていたい事をあなたの弟子がいうかもしれませんよ。歴史というドラマはそういうふうにしか流れない。だから、歴史をドラマと見るか合法則的なシステムと見るかで違った歴史図が現れる。ドラマの背後には俳優をあやつるデーモンが居る。神様が居る。これを容認しないとドラマが見物出来ない。

江藤　小林さんは、以前からそう思っていらしたんですか。

小林　心の底では考えていたような気がしますね。考えが変って来る事には、気付かぬ事が多いですね。こんどヴァレリィ全集の邦訳が出るので、『テスト氏』の未発表の部分を訳すことを依頼されたんだが、短いものなので、訳そうと思ったのだが、どうしても駄目なのです。もうああいう考え方には、ついて行けないと痛感した。

江藤　前に『テスト氏』をお訳しになったのはいつ頃ですか。三十年位前ですか。

小林　そうですね。あの頃はこんな面白いものはないと思いましたけれどもね。

江藤　たとえば『海辺の墓地《ル・シメチエール・マラン》』についてはどうお考えでしょうか。

小林　ぼくはヴァレリイの詩、あまり興味を持ちません。語学力によるのでしょう。あれはね、大変詩型が立派なんです。あの詩型の立派さというものは、ちょっと日本人にはわからないんじゃないですか。何というか、ラシーヌの形式美がぼくらによくわからないようなものが……あの人は大変ラシーヌが好きだからね。ぼくの感覚ですけれども、フランス人にはたまらないというものがあるんじゃないですか、ぼくらにも想像できるわけです。日本人にとっては散文の方がずっといいですよ。

江藤　ラシーヌはちょっと違うのではないでしょうか。ラシーヌは枯渇していないような気がいたしますが……。

小林　ええ、内容じゃないんです。

江藤　フォルマリスムですね。

小林　ヴァレリイは随分苦心してあの詩をこしらえたんでしょうけれどもね。それは、とてもランボオ、ヴェルレーヌにかなうもんじゃないですよ。これは詩人と、詩心を持っている人と、それから詩を作った人の違いでしょうね。マラルメの詩というのはぼくも昔は随分読んだものですが、結局散文詩にひかれてしまったわけですわ。詩は初期のがいいんです。

江藤　初期といいますと……。

小林　マラルメの初期ですよ。海の詩とか、あの非常にやさしい……。ボードレール論では、エリオットの方がいいですね。ヴァレリイのボードレールよりいいと思います。エリオットの方が真剣ですね。

江藤　そうですね。エリオットという人はなかなか面白いと思います。

小林　ぼくは好きなところがあります。しかし、ぼくはエリオットの詩というのはわからない。

江藤　『荒地』などという詩は、文学史的に有名ですけれども、ぼくにもよくわかりません。ただぼくは詩劇がすばらしいと思います。『カクテル・パーティ』とか『ファミリー・レユニオン』とか……『ファミリー・レユニオン』というのは、先日新潟に旅行したとき汽車の中で読んで、こんなによかったのかなと思いました。やはり、暗いものをみているのですね。非常にこう、狂おしいもの、暗いものをちゃんと見ている。そして、その上で何かやろうとしているということがよくわかるのです。ぼくが学生の頃は、エリオットという人は、伝統主義とか何とか、そういうことで説明してしまわれるので、よくわかりませんでした。しかしこの間、詩劇を読み出したら、やめられなくなるほど面白かった。やはり、さっきおっしゃったように、必ず逆にいくんですね。そして残酷なものに突き当ろうとするところで、すっと戻って来る。それをベルグソン流にいえばエランというのかも知れませんが、大変真剣な熱気が感じられます。この人も、「私」のことはいわなかった人でしょう。そういうことをいわないのが正しいということをいい出した人なんだけれども、エリオットの「私」は実に豊富なものだったろうと思います。

小林　昔の人は、歴史家たる根本条件を博覧強記と考えた。先ず歴史を考える方法を得ようとは考えなかった。これは結局正常な道なのです。先ず博覧強記という馬鹿正直な道を行かなければ、歴史という人智にとって実に気味の悪い、どう再構成していいかわからぬ実体が痛感出来ないでしょう。この苦しみを略したがるのだね。歴史学上の客観主義は、現代では、歴史という巨人に対する自己防衛策になり下っている。歴史というとんでもない巨人に対する驚嘆の念のうちに、本当の客観主義が知らずして育つのでしょうね。

江藤　そうすると、その驚嘆の念は現在流行しているいわゆる、「歴史」を超えるのでしょうか。

小林　超えるというのは……。

江藤　歴史の本質というものは変らない……。

小林　変りませんよ。

江藤　だったら、「歴史」の本質を超えているのではないですか。不易ではないですか。

小林　勿論不易です。

江藤　その辺でまた、神様かデーモンが出てくるのでしょうね。ぼくは、広い世界の歴史というようなことはわからないけれども、ごくごくささやかな自分にかかわりのあるものをみているだけでも、そう思います。いくら実証主義的な現代だって、自分にかかわりのあることには「不知」が含まれていますから、実証主義で改めて来られてもなんとも思わないというものがあります。

小林　実証主義でそれを証明できないの、あなたの考えているものを。

江藤　それは外側だけはできるかも知れません。とにかく、すべてを外在化させて物尺をあてることが今の方法ですから。

小林　そうね。

江藤　それで、その結果、洪水の中で水が飲めないとでもいうような状態に、知らぬ間になってしまっているのではないでしょうか。科学的な歴史だってそうだろうと思いますが。

小林　実証とは実験によって証する事だ。実験とは合法則的な経験だ。だけど私達の日常経験に照らせば、合法則的経験は、経験のほんの一部の形式だ。そういう生きるという意味と同じになった経験という言葉はフランスにはない。英国人の使っているエクスペリエンスという言葉はフランスにはないとベルグソンは言っています。

江藤　その通りだと思います。エクスペリエンスという言葉は英語の場合存在にぴったりくっついている言葉ですね。なにか内在している言葉で、しかも難しい言葉でも何でもない。そこら辺で、お前さん、大工のエクスペリエンスがあるかというふうに使う言葉だと思いますが、非常に深いところに喰い入っている言葉ですね。イギリス人は経験主義、、だなどということを世間でよくいいますが、主義というものとは少し違うのですね。

小林　違うんです。科学上の経験主義は経験を尊ぶのではなくて、計算を尊ぶのです。

（昭和四十二年十二月）

＊注

「**歴史と文学**」　昭和四十二年（一九六七）十二月に講談社から刊行された小林の一巻本選集といえる『古典と伝統について』（思想との対話第六巻）の巻末に付された「対話による解説」である。対話の時期は話の内容から昭和四十二年一月頃と思われる。江藤はインタビュアーに徹して、小林の「わが思索のあと」を引き出している。

（1）**愚連隊**　鉄拳制裁などを辞さない硬派に対して軟派を指すのだろう。府立一中時代のことだが、小林の一年上級だった河上徹太郎が愚連隊時代の小林について『エピキュールの丘』で描いている。「小林は今と同じように痩せた体に筒っぽの紺絣を着、その谷を渡ってよく遊びに来た。（略）当時から彼は無口だった。彼の無口は、癇の強い潔癖から来ていた。それに、秀才型の良家のお坊っちゃんの多い一中生が気に入る筈はなく、誰彼なく友達の悪口をいった。それでいてつき合いは狭いかというと、必ずしもそうではなく、まだ少年の茶目気を抜け切らないような同級の愚連隊の仲間になって、街をのし歩くようなことも嫌いではなかった」。

（2）**野球**　同人誌「山繭」で一緒だった木村庄三郎（作家・翻訳家）は府立一中で小林の同級生だった。「放課後、校庭で、よく野球の真似事のようなことをやっていた。バットを使うことは、学校の規則で許されないので、拳骨に手拭を巻きつけて、それで球を打つ。誰も彼も受験勉強に血眼になっているのに、学校に残ってまで運動する、そんな連中は、その学校では、変り者といえばいえた。／小林は痩せて、色は青白いが、身体は丈夫で、スポーツ好きだ。そのことだけは、すでに、その頃から表れていたのである」（「思い出」「本」昭39・12）。やはり「山繭」同人となる石丸重治も府立一中で同級だった。「小林秀雄は割合に運動が上手で一中の時、禁じられていた野球のティームを河上徹太郎、山本久繁などとつくり、よく暁星中学などと代々木の原で試合をした。人が足りないと自分を呼びに来た」（『この人を見よ――小林秀雄全集月報集成』）。野球は後年まで好きだった。戦前の明大教授時代の面影も伝わっている。「助手時代のある日の昼休みに、［小林］先生から誘われて四号館の建つ前の空地でキャッチボールをしたが、上衣を脱ぎすてた先生は、容赦せぬ球を投げこんでこられる。投手をされたことのあるという先生の球は、グラーブのなかでビシビシ鳴り渡った」(青沼一郎「後記」『文芸科時代Ⅱ』)。

ユニフォーム姿の小林の写真がある。昭和三十二年(一九五七)七月十九日、後楽園球場での雄姿である。この日は、里見弴の古稀と大佛次郎の還暦を祝う野球大会が開催された。小林は五十五歳だった。試合中にアキレス腱を切り、手術を余儀なくされた選手がいる。映画監督の小津安二郎である。小津は五十三歳だった。

(3)**木内信胤**　当の木内は「新潮」小林秀雄追悼記念号で、野球部での出会いについて記憶がないと書いている。昭和三十六年の夏、雲仙で二人は顔を合わす。小林から「あなたは野球の木内さんですか」と訊かれた。「そうです」と木内は答えた。「するとそのあと小林さんは、少し大袈裟に形容すれば、〝それさえ聞けば、もうあなたには用事は無い〟といわんばかりの顔をされた、それが私には印象的——あんまりいい意味ではありませんが——であったのです。(略)ところがその後私の耳に入った風説によりますと、コーチであった私は大変厳格で、何かのことで小林さんをひどく叱りつけた。それが原因で小林さんは一高野球部を去ってしまわれたというのです」。木内にはまったく記憶がなく、小林はいつまでも記憶に留めていたのだ。

(4)「**現代日本文学館**」「小林秀雄単独編集」を謳い、文藝春秋から刊行された全四十三巻の文学全集。昭和四十一年(一九六六)二月から刊行が開始された。江藤は月報に「小林秀雄の眼編集者の横顔」という一頁コラムを連載した（単行本未収録）。装幀は杉山寧（三島由紀夫の岳父であり、月刊「文藝春秋」の表紙を毎号描いていた）。実際の編集は小林の弟子筋の中村光夫と大岡昇平が中心になった。

歴史について

「未来」は「現在」に過ぎない

江藤　ここが、いつも小林さんのお泊りになるお部屋ですか。
小林　ええ、そうです。ずいぶん昔から来ています。
江藤　青葉が実にいいですね。
小林　ええ、しかし紅葉はだめです。あったかいところですからね。鎌倉も、紅葉はだめだ。
江藤　その鎌倉からときどき脱出なさるわけですね。鎌倉もにぎやかになりましたからね。このあいだ所用があってひさしぶりにちょっといきましたが、ずいぶん宅地造成をしておりますね。それから山を切り拓いて、N研究所の大きなビルができています。
小林　そのN研究所というのは、何をするところですか。
江藤　親会社がN証券で、コンピューターを使って、経済予測をやったり、防衛、軍事戦略の研究もやっているわけです。緑の中に、近代的な、三階建くらいのビルがありまして、専門道路があって、ブリッジがかかっている。アメリカの研究所の真似したんじゃないでしょうか。自然のまん中に、そういうふうなシンク・タンク的なものをつくるというのが、はやっているんですよ。でも、コンピューターなんかやるのは、そういうところがいいんでしょうね。

小林　なるほど。そういうものが、「現代」というものなんだね。わからないなア。僕ら、どうも古いことばかり読んだり、考えたりしているものの目からみると、なんだか知らないけど、誰もかれも未来のほうを向いているような気がするなア。未来を基として計画を立てているでしょう。文化がそういうふうになっちゃったね。

江藤　計画を立てて、計画通りにつくるわけですから、未来というのはすでに未来じゃなくて、既知項に入ってしまっている。ですから、たとえば三年目にどういう姿になるかというのが、わかると考えるのですね。

小林　未来学というのは、そういうアイデアからきてるんでしょう。おかしなものだね。

江藤　おかしなものですね。畏《おそ》れがないです。

小林　未来という言葉は、「未だ来たらず」という意味ですね。だけど、いまの未来学というものには、そういう意味なんか全然ないでしょう。

江藤　「未だ来たらず」じゃなくて、「未だ来たらざる」はずのものを、もうすでに、持っているという気持になりたいわけでしょう。

小林　ベルグソンは、「予言」というものは実は現在のことだと言っている。たとえば何年後の何月何日に月蝕があるという、これを予言だと人はみんないっているけれども、ちっとも予言じゃない。現在の計算にすぎない。時間が脱落しているからだ、というわけですね。

江藤　未来学をやる人は不確定ということを非常に嫌うわけですね。すべて確定していると思おうとするのでしょう。

小林　そうそう。だから、未来、未来といったって「未来」じゃないんだよ。ここに現代人の性格がよく出ている。

江藤　未来学者の人がしゃべっているのをききますと、人情味などというものはあまり感じられませんね。人間らしくないというか、ロボットがしゃべっているみたいなんです。とにかく数字の摑み出し方は的確です。つまり、世の中は当然こういうふうに進んでいく。時間は不可逆的である。不可逆的な時間の未来は、かくかく予測できる。なぜかといえば、コンピューターがそのように計測しているからだ、というように。

ですから、その話を聞いていると、枝葉末節では、へえ、そういうものかというふうに納得できるところもあります。しかし、根本的には、未来はこうなるにきまっている、未来をつくるものは、自分たちのようなテクノクラート、技術文明の専門家であり、それをつくらせる力は、大資本、大企業であると割り切っているところが気にかかります。面白いのは進歩的というか左翼的な学者の人たちも、そのこと自体に対しては反対しないわけですね。そうではなくて、コンピューターが集めてくる情報を、企業とか、政府が独占しているのはけしからんから、自分たちにもよこせというような形で反対するわけですね。ですからそのストラクチャーというんでしょうか、そういうふうに世界のコースがほとんど確定していてすでに来つつあると思えるもののほうに向っているのだと考える点では、未来学者も左翼の人も同じだと思います。

小林　うん、そうだね。

江藤　そこを考えてみますと、結局、いま小林さんのおっしゃったように、時間ということが問題だと思うんですね。彼らは時間というものに関して、対象化された時間というか、物理的な時間だけを信じているんですね。自分のからだを貫いて、何かの時間が流れているってことは、全然感じないですんでいる。

小林　感じないですんでいるんだけど、からだの中を時間が流れるという事実はなくならないでしょう。

江藤　なくなりっこないです。

小林　いつもあるものでしょう、だから彼らはいつもあるものを見ないようにしているわけでしょう。

江藤　その通りでしょうね。

小林　それは非常に不自然なことでしょう。そして彼らはその不自然なことに全然気がついてないわけでしょう。それが一番自然だと思ってるわけでしょう。その実自然なことを、なくそう、なくそうとしているわけですよ。

江藤　もう一つ、やや戯画化していえば、自分以外のあらゆる人間の場合には、からだを貫いて、物理的でない時間が流れているかもしれないけれども、自分は既知項をたくさん持っており、未来を変える力を持ってるんだから、時間の埒《らち》外にいるのだというふうに、非常に楽天的なのです。だからおよそ自分というものに対する関心がないんですね。それはもちろん、企業内で出世するとか、名前を上げるとかいうような関心は、ひとなみにあるのでしょうけれども、自分というものを考えずにはいられない内省的なところというのは、とにかく感じられない。

小林　そうね、そういう人を論破することは、非常にむずかしいのだ。

江藤　非常にむずかしいです。つまり、嚙み合わないんですもの。いわば相手が眼の前にいないんですもの。もしその人が、なま身の人間としてそこに坐ってれば、どんなに専門が違っても、どっかで少し対立ぐらいするだろうと思うのですがね。

サラリーマンでも、いまは入社するとすぐ退職金を計算して将来を見据えてしまったような錯覚をおこす傾向があるようですね。つまり、経済変動などは彼らは全然考慮に入れていない。自分が五十いくつで定年退職するときに、世の中がどんなになっているかということは、全体像としては絶対にわかるわけがないでしょう。会社そのものが存続しているかどうかもわからない。いわんやそのとき退職金を幾らもらえるかにいたっては、計測不可能といわざるを得ない。それがわかっちゃったような気になるから、生きがいがないっていうような、甘ったれた言い方をするんです。僕にはその気持がわからないですよ。未来がわかっちゃうわけはない。だって、あした何が起るかさえわからないんですもの。

このあいだあるお役所から特におまえを選んで聞くのだといって、五十問ぐらいの細かいアンケートを、突然何の前ぶれもなく送って来たことがある。答えたくなければ、そのまま送り返せとある。僕は答えたくないと思ったから、送り返しましたけれど、こういうアンケートには全部番号がついているわけです。何かいうわけでしょう、そうするとこれを全部分類して、コンピューターに入れる。そして五十人なら五十人のある程度ものを考えてる人の意見が集積されて、それできっとある予言をしようというわけでしょうね。僕はその官庁に対して、何の恨みもないし、縁《ゆかり》もないんだけれども、そういったプロセスを考えてみると実に奇妙なもんですね。テクノクラートという人種を見てますと、たいへん元気がよくて、ものすごく勤勉のようですが、しかし、ほとんどだれ一人として、豊かな人間に会ってるという感じがしない。非常に貧相に見えるんですね。人格といわないまでも、何か人に会ってる感触のたっぷりした感じ、この感じは学校の先生にも、職人さんにもあるでしょうし、寿司屋の親方にもある。そういう感じは全然ない。何か薄くアルミ箔《はく》を延ばして、人間の形に切ったような感じがするんですね。

小林 会ったこともないけども、そうだろうね（笑）。そういうことはみんな観察するまでもないこと、非常にやさしい。子供がなつかないとか、そういったことでしょう。

江藤 そうです、そういったことです。

私生活を無視するジャーナリズム

小林 だから公害問題なんていうものも、まるでいまの考え方と違った考え方ができますね。いまの話みたいなところから考えれば、公害問題なんていうのも何だか実に現代的な問題になっちまうね。だけどあれはほんとに深刻な問題なんだ。あそこに何かほんとうの自然に対する人間の関係っていうものが、一つなくなっちまってるんだからね。人間の自然に対する態度っていうものには、非常に本来的なものがあるだろう。そういうものが、いまの公害論議には抜けているんだね。そして何とかｐｐｍとかなんとかっていうことになっちゃってるだろう。何とかppmになったから外に出るなとか、そんなばかなことはないわけです。

江藤　そうです。

小林　逆にいえば何とかppmが減れば、もうその問題は解決されちゃってるわけなんだよね。

江藤　私にかかりつけのお医者さまがいましてね。まアおなかが痛くなったとか、風邪引いたっていうと診てくれる人です。かなり年輩の面白いお医者さまで、新宿区の医師会に属している開業医ですが、牛込柳町で、自動車の排気ガスの問題がおきたときに医師会がppmの測定をやるとか、やらないとかいうことになったときに、結局やらないことになったという話をしてくれました。なぜやらないかっていうと、人間っていうのは、高等動物で、非常に適応能力が高い。現在の程度の、都市の大気汚染というものなら、不愉快だけれども耐えられないはずがない。そんなことはわかり切ったことだからやらなかった、というのです。だれもこのことをはっきりいわないのがおかしい、というのがこの先生の意見なんですね。

つまり、ppmで困るっていってわれわれは騒いでるわけですが、もしわれわれ個々人が、自然と自分との関係っていうものを本当に大切に思っているのなら、また言い方が違うだろうと思うんですがね。

そもそも公害問題のおかしいところは、公害をなくせといっている連中が、ほんとうは自然を大事にしていないというところにありますね。たとえば日本の空気が汚染したとか、水質が汚染したというのは、日本人が経済を復興し、生活を向上させようと思って、汗みどろになって働いてきたことの結果でしょう。だからそれは企業経営者だけに押しつけられる問題でもないわけですね。つまり、給料を高くしろという気持がある以上は、経済活動を活潑にしなければならない。その結果水が汚れたり、空気が汚れたりするのはある程度必然です。それでは給料を高くすることよりも、自然を大事にしたほうがいいという価値観を、経営者だけではなくて、従業員も、一般のわれわれも持っているかどうかということになると、どうも持ってるようには思えないようなところがある。だから実際観光地にいけば、東京では、公害反対のデモをやる人が、木の枝を折ったり、紙屑を散らかしたりなんかして、それで自然に触れて人間を回復したといって帰るわけでしょう。自然に触れるというのは、ほんとは排気ガスのひどいところで、朝顔の蔓が少しずつ伸びてくのを見て、いいなあと思ってるような心でしょう。

小林　うん、うん。

江藤　もう一つ、これは非常に滑稽だとお思いになるかもしれませんが、私は、子供がいないせいもありまして、犬が好きでしてね、かわいがっているんです。ところがこの頃子供を殺しちゃった犬が出て以来、犬を飼ってることが罪悪であるかのような新聞記事が、毎日載るわけですよ。僕は何だか腹が立ってしようがないんですね。犬を飼ってる人間は、人間を大事にしていないという。要するに犬という奴はいま都会生活がこんなだから、みんな欲求不満になっていて、いつ嚙むかわからないのだ、そういう犬を飼ってる奴は、ヒューマニズムに悖《もと》るんだ、こういう書き方を新聞がするんで、僕はなぜか非常に腹が立ってしようがないんです。

それはたいへんおかしな議論だと思うんですね。つまり、人間には配偶者がいなかったり子供がいなかったりすることがあるでしょう。そういう人間が犬でも、小鳥でもいいんだけれども、それを飼っていて、大事にしてるっていうその心の営みは、これはそうそう他人が容喙《ようかい》して偉そうなことをいうべきすじあいではないと思うんです。

小林　それはそうじゃないか……。

江藤　それなのに何か一つのものさしを、外側から当てはめて批判するのはおかしい。犬が人を嚙むのは、考えてみりゃあたりまえで、新聞記事になることすらおかしいんですね。人が犬に嚙みついたら、新聞記事になる、犬が人に嚙みついても記事にならないというのが、ニュースの鉄則であるということが、新聞学の第一章に書いてある。それがいまは、新聞学の第一章すら忘れて、また犬が人を嚙んだって出るわけです。そんなこと昔なら新聞記事にはならなかったと思うんですよ。犬を飼うとか、飼わないとかいうことは、ほんとにそれこそ個々人の心の問題で、そんなことは天下の公器があげつらうべきことじゃなかったと思うんですがね。それが現代では非常に正義感をもって書かれるんですね。その尻馬に乗って、「だから」おれは犬を飼わないっていう奴がいる。だから犬を飼わないじゃなくて、そいつは、単に犬がかわいくないから飼わないにすぎないと思うんです。それをごまかして、「だから」っていうことをいわせようとする世の中というものについて僕は非常に憤慨しているんです。

小林　犬を飼うってことは、個人の問題でしょう。私生活の問題でしょう。だけどいまの世の中の風潮に準じたジャーナリズムは、みんな私生活そのものを、社会生活として扱うんですよ。

江藤　そうですね。

小林　だからじかに私生活というものを問題にしないことになる。

江藤　そのとおりだと思います。

小林　だけどじかに私生活を問題にしないと、人間の中から健全なものが、みんななくなってしまう。そういうことがあるでしょう。要するに根がなくなってしまうのだ。

江藤　ほんとにおっしゃるとおり、根がないんだと思いますけどね。ただ、その根がないことに、うすうす感付いている人は、ジャーナリズムの外にたくさんいるんじゃないかと思うんですが……。

小林　たくさんいるでしょうね。それにいちばん鈍感なのがジャーナリストでしょう。物を見ないで、おしゃべりばかりしていることにかけては、ジャーナリズムにかなうものはない。しかし私生活はリアリティーに直結しているのだから、それをなくすことはできない。

江藤　そうですね。私生活に直面しなければ、いけませんね。私生活の中にこそ時間が流れるわけですから。

小林　河上(徹太郎)君なんかも、ずいぶん犬が好きらしいね。あれも子供がないからかな。

江藤　鉄砲射ちもなさいますしね。

イギリス人が、日本では犬をいじめるといって反日デモをやったことがありますが、これはおかしなものだと思いますけれども、イギリス人というのは不思議な国民で、人間が犬を大事にすることの意味を、教育があろうがなかろうが、知っているようなところがありますね。あれはおもしろい国民だと思います。人間の淋しさを知っているというのでしょうか。

つまり、イギリスでは犬と人間のつき合い方というのが、非常によくできていまして、公園なんかにいても、堂々たる紳士が、みすぼらしい犬を連れて歩いていることもあるし、匹夫下郎が案外すばらしい犬を連れて歩いたりすることもある。そしてそういうことはイギリスの場合には、社会学的な考察の対象にならない。全部、個人の内面の問題です。要するに、馬丁のサムはあの犬がそんなに好きなのか、ハハン、というものなんですよ。それは、サムが馬丁であることと関係ないんです。なんとか伯爵が別の犬を抱いているということも、「なんとか伯爵」ということとは関係ないんです。そのとき、犬というのは、ある意味では、内面のシンボルみたいなものなんですね。

犬は、もちろん動物ですけれども、人間が犬に対しているときには、必ず下を向くわけです。子供に対するときも、子供が小さいから下を向くでしょう。そういう下に視線を働かせるものがあることが、なんともいえず気持があたたまるものですね。心がほのぼのとするものがある。犬好きの心理って、そういうものじゃないかと思うんです。私はイギリス人が一から十まですばらしいとは思いません。むしろつき合いにくい連中だと思いますけれども、そういう心がほのぼのとするものを彼らは互いに認め合っているな、という感じがすることがある。

　そこへゆくと、日本のジャーナリズムに出てくる犬論議というのは、常に、いわば社会学的なんです。誰それは似合う犬を持っているかとか、持っていないかとか、つまり、外車に乗っているか、トヨペットに乗っているか、というような犬の見方をするんです。これは、とってもいやですね。なにも、ハイカラを気取るわけでもなんでもなくて、日本人だって本当に犬の好きな連中なら、そんなばかなことで飼っているわけないと思うんです。

小林　それは犬を愛玩に飼う伝統の浅さじゃないのかね。

江藤　一つにはそうでしょうね。

小林　特にイギリス人の個性といわれても、どうも僕にはよくわからないけれども、日本の場合は、そういう伝統が薄いんだよ。しかし、日本でも猟師やなんかは古くからいたわけだけどね。

江藤　そうなんです。猟師の犬に対する感情というのは、それは深いものだろうと思いますね。それから、昔の軍隊で輜《し》重《ちょう》兵や騎兵などの馬に対する感情とかね、人間同士の感情だって同じなんですが、ただ愛玩の対象だけじゃなくて、向うも、ちゃんとある意思を表現するでしょう。だから、つき合い方というのは、必ずしも簡単じゃないわけです。

　しかしともかく公害問題も、犬害問題も、どうも、なんだか納得がいかないですな。

「サイエンス」に惑わされた社会学

小林　まア、そういうことは、だんだん考えていくと、結局、サイエンスの問題にぶつかるんだろうね。

あなた、こんど東京工大で、社会学を教える[1]と聞いたけど、社会学の問題も一番めんどうな問題は、そこになるんじゃないかな。

江藤　そのとおりだと思いますね。私は学校の教師にならないかといわれたとき、正直にいって、生活をもう少し安定させたいという気持があったので、それじゃなろうか、といって引受けたようなわけです。大学で社会学を専攻したことはありませんが、むしろ、それだから、おもしろいと先方は思ったのかもしれません。東京工大というのは、わりあい自由な伝統のある学校のようですからね。しかし、いったん学生の前に立って何か講義する以上は、学問というものを事新しく考えなければならないと思いまして、実は、いまだに考え続けていますが、いま、小林さんのおっしゃったことが非常に大きな問題だということが、日に日に痛感されるわけです。

日本の社会学はどういう歴史を持っているのか。明治のはじめにハーバート・スペンサーとともにはじまり、戦前はドイツの影響、戦後は、圧倒的なアメリカの影響の下にやっているということぐらいしか知りませんけれども、主流をなしている考え方は、結局サイエンスだという考え方ですね。しかし、このサイエンスであるという規定には、やはり、なんとなく人を瞞着《まんちゃく》するところがある。そしてある種の社会学者は、ナチュラル・サイエンスの類推になり得ないような対象までをサイエンスにしようとする。たとえば、コンピューターを使い、モデルをつくって、人間というものを役割に還元して、その実体というものを消してしまう。このような一種の理論的な整合性というものを確立することが、サイエンスとしての社会学を成立させるゆえんであると考えている人が、どうも多いような気がするんです。私は、こういうことなら、社会学などというものはとてもできないし、やる興味もない。私のやろうとしていることは、どうしたって具体的な人間をはなれられない。人間というものがよくわかるため、自分というものを知るためならその過程を文学といおうが、社会学といおうが、いっこうにかまわない。それでもいいんですか、と訊いたら、東京工大では、それでいいんです、何やってもかまわない、といわれたんで、それじゃやりましょう、といったようなわけなんです。

社会科学という言葉ですね、小林さんも、お若いころから、盛んにそのあいまいさについて本質的な批判をされて来たように思いますけれども、一応いまの通念では、社会学も社会科学の端っこになるのだと思います。社会科学というのは、非常に人を欺きやすい概念というか、囚われやすい言葉で、いわゆる社会科学と称するものが、ナチュラル・サイエンスを模倣し始めたら、おしまいじゃないかと思うんです。これはなにも科学である必要はない。要するに、学問でありさえすればいいので、学問というものは、やはり、どこかに人間の顔が見えていなければ、どうしようもないと思うんです。事実、僕は、開講したときに、諸君は人間の学ということを考えなければいけない、人間の学としての社会学というものを、僕はやりたいので、それは、諸君が考えている社会学とぜんぜん違うかもしれないけれども、そういうものだと思って覚悟してくれたまえ、といったんです。

人間の学ということについて考えると、小林さんは『本居宣長』の中に書いていらっしゃいましたね、徂徠に触れたところですか、つまり、どうしても歴史というものについて深く考えないと、なにもわからないんじゃないかとおっしゃってますが、僕もそう思うんです。

小林　そうですね。

江藤　歴史というものは非常に古くて、常に新しいような学問で、近代における歴史学は、科学を模倣しようとして、ずいぶん変な形になっていますけれども、もし、社会学というものが、なにか人間にとって親身になれる学問になろうとするなら、やはり、歴史というのを深く考えないとだめなんじゃないか、というふうに思いましたね。

小林　それは、だめだと僕も思いますね。

江藤　そう思いますと、ごく単純な歴史意識というか、歴史感覚というものを、ぜんぜん教えられずにきているいまの学生は気の毒ですね。これは、教えるとか教えないとかいう問題ではないでしょうけれども、そういう感覚を涵養《かんよう》する経験をせずにきてしまっている。「諸君は歴史を知らんねえ」というと、「僕ら年号だけしか覚えませんでしたから」という答えが返ってきて、学生も、何か大事なものが抜け落ちていることは知っているんです。しかし、それがどんなに大事なものであるかについては少しも知らないんです。たとえば、原敬という人がいた、というと、「大正何年総理大臣となり」と、こういうふうにくるわけです。原敬という人は、どういう人間で、どういうような顔をしていたか、というようなことは、原敬という人が生きていた時代を知るためにも必要なことでしょう。そういう方向に、関心が動くようには習ってきてないんです。

思想にもドラマがある

小林　そうね。まア、それはむずかしいですね。僕なんかたとえば宣長さんをやっていて、あの人の一ばん面白いと思うところは、あの人のことを調べていて誰も躓《つまず》いてしまう、そのところなんだ。どうしてああいう利口な人が、あんな馬鹿げた口を利いたのかという、そこのところなんだ。それは、初めから僕は直感していたんだ。実際やってみると、宣長にはなるほど、世間が、「あそこが宣長の玉に瑕だ」という、まさにそういうふうに生きるよりしようがないものがあったんだよ。だから歴史上の人物を知るというのは非常にむずかしいものなのだ。ある人間のあそこがいいとかあそこが悪いとかいうのは、そういう批評や観察を歴史家のものと思っているからだ。

歴史家は、そのままを見なければいけない。どうしてみんな宣長さんをそのまま見ないのか。宣長のまちがいを正したら宣長ではなくなってしまう。宣長は大へん偉かったから間違った、そういうふうに見ればいいんだ。じゃ、どう偉かったから、ああなったのか、ということが僕にうまく書ければ、あの人は間違わなかったことになるんだ。それが生きた歴史だ。

僕は、思想っていうものにもドラマがあると思うんです。人生はドラマチックだと小説家はいうだろう。しかし学問の世界というものは理路整然としなければいけないように、みんな思っている。そういう通念がありますね。それはおかしなことです。

学問といっても、宣長の学問は人生の学です。そこに矛盾というもののおもしろさを見つけてもいいわけです。小説家が矛盾のおもしろさを人生に探るように。言うことが矛盾しなければならんように、その人は、それだけ深く考えていたということだってある。もう少し手前で考えを止めれば、なにも矛盾しなくてもよかった、そういうことだってある。考え詰めるでしょう。考え詰めると矛盾が起るんです。考え詰めないより、考え詰めたほうがいいから、矛盾したんです。宣長は、自分で知っていてやったんですよ。馬鹿だから矛盾したわけじゃない。あの人は、非常に明瞭な露骨な形で、矛盾を表わしたけれども、これは本ものの思想家ならどんな思想家にもあるものなんです。

江藤　それはあると思います。

小林　徂徠という思想家もまた実にそうなのです。弟子を読んで先生を知ろうとしても、どうしてもだめなのです。二人には弟子はおりません。外見の上で弟子はおりましたがね。

それは、君も書いた上田秋成もいっています。秋成というのは、ご承知のとおり、ああいう人だからね。だけど、秋成のいっていることは、その当時みんながいっていたことなんです。少し利口なら、「宣長はばかだ」ぐらいのことは、みんな考えていたんです。それを秋成は、面白く書いた。『胆大小心録』などでとても意地悪くからかったんですね。

江藤　今の上田秋成のことについては、ちょっと注釈を加えておいたほうがよいと思います。小林さんのおっしゃるのは、五年ほど前の「文學界」（昭和四十一年四月号）に僕が書いた『上田秋成の「狐」』(『文学史に関するノート』11)というエッセイのことですね。このエッセイで、僕は上田秋成の相対的な文明観を、宣長の「やまとだましひ」、つまり日本を絶対化し、万邦の上に置こうとする文明観と比較して、秋成の考え方のほうがよくわかるといっています。たしか『呵刈葭《あかりよし》』のなかにあらわれている秋成と宣長の論争とか、『胆大小心録』のなかにある秋成の宣長批判などを引用したように記憶します。

小林　どうもさっきから変な話になっちゃったけど、学問を、たとえば歴史なら歴史を、宣長はほんとに徹底して考えていたんですよ。歴史というものは、みんな矛盾したものなんです。あの人が実にしつこくいっていた「からごころ」ということもみんなは誤解してるんで、彼はものの道理が通ることを、非常に憎んだんです。これは不可知論なんてものじゃないのです。道理を通そうとすると、ものがみんな歴史に触れない。歴史に触れないってことは、人間の生身に触れないことでしょう。人間の生身っていうのは、いつだって矛盾するし、死んでしまうものでしょう。ほんとのことなんかいえるようにできてないんですよ。みんな道理を通してものがいえたら、それはもう歴史的人物じゃないですよ。こういうことがあの人にはわかっていたんですよ。

そこんとこにいろんな面白さがあるので、僕なんかがやってるわけですが、いまの学問なんかもそうですね。あんたのいうように、社会学だって何だって、そういうふうに生身に触れていないんだ。まア人間はしばらくすると黄泉《よみ》の国にいくという一つの全くリアルな状態だな。こいつをよけて通って、人間に関する学問をつくろうとか、人生について何からまいことをいおうったって、だめだ。そういうことなんだ。非常に簡単なことなんだよ。芸術家たちは、みんなそれをやってるだろう。じゃ、どうして学問だけがそれをやらずにすますか。そんなばかなことないじゃないか。学者だけが特別な人物じゃない。

江藤　全くそのとおりですね。

現代は「歴史」と「言葉」を軽蔑している

江藤　いま小林さんから伺った秋成と宣長のことは、僕はいままでにも何度か伺ってますけども、漱石のことを書いていて、感じることがありましたね。

小林　そう、うん。

江藤　つまり、僕が上田秋成の宣長批判について書いたのは、まだ漱石の伝記に取りかかってない頃で、手をつけたのは、その年の秋の終りごろだったでしょうか。そこでつくづく思ったのは、たとえば歴史なら歴史についての考え方ですね。漱石という人も、やはり人にいえないさまざまなことを持って生きたにきまってるんで、それを僕が書けなければしようがないわけですね。はたして書けているかどうか、わかりませんが、ともかく漱石は明治という時代に住んでいたわけですね。

この明治時代というのは、歴史学者がいってるような、絶対君主制ができてどうしたこうしたっていうものではなくて、漱石があるとき牛込の町を歩いていたら、どんな枝ぶりの木が見えたかというような経験の集積ですね。それをこっちが思いやらなければならない。しかも小説家なら、漱石はそのとき桜の花が散るのを見たとかなんとか書くでしょうが、こっちはそれは書かないで、桜が散っていることが分るように書けなければならない。つまり、伝記にならないわけです。漱石については、もちろん小宮豊隆先生の漱石伝があるのですけれど、いまだに基本図書だと思いますが、しかし、これは非常に理路整然としているわけです。

これは私が批評を書き出したときに、最初に『夏目漱石』という本を書いたとき以来感じていたことです。そしてこんどまたはじめてみると、やっぱり人間の一生は結局のところ理路整然としたものであるわけがないと痛感しましたね。一人で生れてきて、まん中は社会生活するでしょうけど、最後は一人で死んでいくという自覚が、漱石にはずいぶん早いときから生れているし、それは多少ものを考えようとする人間なら、だれだってそこへぶつからないわけにはいかない。そこである難問をしょって、だれにもいえない形でこれにぶつかる。それはこっちが忖度《そんたく》して、きめるわけにもいきませんけれど、そういうふうに人が生きているってことは、何とか書かなければならない。書いてるうちに、「人間はしばらくすると黄泉の国に行く」とおっしゃる意味が、何かだんだんわかってきたような気がしました。

小林　宣長の研究書のうちでは村岡典嗣さんの『本居宣長』が一番よくて、以後、あれを抜くような本は、一冊も出ていないんです。しかしあの人もどうして宣長をああいうふうに書いたか。学問を学者らしく間違いないようにせっかくやったのに、あの人の性質に弱点があって、文献学という学問をゆがめてしまって、どうして宣長は不思議な独断家になってしまったか、と嘆いている。そして「それを弁護して書かなきゃならん」というふうに、あの人は書いています。しかしそういう考え方から、そういうふうに宣長を見てはだめだと、僕はだんだん考えるようになってきたんです。

あなたも書いているさっきの上田秋成と宣長の論争でも、もちろん宣長のは全然弁駁になっていないですね。しかしそういうものをよく読んでみますと、裏があるでしょう、答えている言葉の裏がね。もうあの時代になると、みんなああでもない、こうでもないと学者が非常な苦しみをするのです。これは学問の方法が整備された今日の学者には想像しにくいことです。今日の文士の思想不安などという問題ではないのです。いまの学者は、勉強している過程で、ああでもない、こうでもないなんて苦労は一つもしてないでしょう。

江藤 していないですね。

小林 宣長だってそうですよ。仏教には詳しいし、儒学には詳しいし、それから国学にいったんでしょう、だからいろんなものが胸に渦巻いているわけですよ。ああでもない、こうでもないという苦しみから、物をつかんでいくわけですよ。見つけ出していくわけですからね。それがわかりにくい。その上、あの人の心に生きていた歴史あるいは伝統という主題だよね。

もう一つは、言葉の問題だ。これが宣長のうちに本当に生きていた。ところが現代はこの両方とも軽蔑している時代でしょう。歴史はいまのコンピューターで抹殺してるわけでしょう、それから言葉も抹殺してるでしょう。事実のほうが言葉より上なんだからなア。現代では言葉はただの符牒になっていますね。だからこの頃、方々の町の名前だって、平気でどんどん変えちまうんだ。そして名前を変えたって、町はつづいてあるんだと思ってるんだねえ。

江藤 そうです。

小林 それが今日ではちっともおかしいことじゃないんだな。そのくらい言葉のことに上の空なんだよ。言葉は符牒なんだよ。だからいつでも変えられるし、そんなものはどうだっていえることだし、もちろんこれもいまのサイエンスの考え方だろうが、これが大きく影響している。事実の真相については、自然言語はもうろくなことは言えないのだと教えているから。

歴史に属さない現代人

江藤　ですから最初にお話が出た、無機的な、ロボットみたいな人間の一つの特徴っていうものは、どんな場所にも属してない人間ということにもなるわけですね。

小林　歴史に属してないでしょう。

江藤　歴史に属してないし、場所にも属していませんね。たとえば東京でも、大阪、京都でも、湯河原でもいいですけど、そういう場所というものがあれば、土地柄というものがあって、土地の故事来歴があって、その土地の言葉があるわけです。そういうものをいまおっしゃったように、便利のいいように変えた方がいいというふうに、簡単に考えるわけですね。これに対する疑問があることは知っていても、その疑問の真の意味はわからないのですね。それじゃこの人はどこに属してるんだろうと思うと、おそらく非常に抽象的な符牒の世界に属しているんであって、どこにも根ざしてないわけですね。どこにも根ざしてないことが、こわくもなければ、不満でもない。そしてそれがむしろ非常に幸福なことだと思ってる人がいる。それがかなり多いのでしょう。

小林　自分がどこで生れたというようなことは、私的なことを言うのは、知識人として恥かしいことなんでしょうね。

江藤　コンピューター的な町名変更っていうのは、だけれど最近になって始まったことじゃなくて、明治の初めにもやったのですね。第一大区、第十中区、第十三小区っていうようなことをいって、東京の町を全部パリのようにナンバリングに変えたことがあります。それはもちろんそんなことをやったって、永続きしないで、すぐまた昔の町の名前に戻したわけですけれども、そういう力というものが、日本の近代に非常に働いているんですね。明治の新政府ができて、何か幾何学的に東京を区割りにしてやったときから、もうそういうものがあるような気がしますね。僕はびっくりしましたもの。つまり牛込馬場下横町っていうものは、その第何とか小区になってしまうわけですね。浅草寿町っていうのも、第何とか何区になってしまう。それでまアお上《かみ》がいうからしようがないと思って、みんないやだけどやってるっていうところから、近代が始まっている。

それとよく似てるのが、日本の教育制度ですね。あれがやっぱり全国を八つの大学区に分け、その大学区を三十二の中学区に分けて、三十二をまた二百十の小学区に分けて、

「村に不学の戸なからしめる」っていう、そこだけみんながいうわけでしょう。だけどその前に非常に幾何学的に均分割りして、教育というものをやろうとした精神っていうものがあるんだな。その故事来歴を、やっぱり近代の教育を受けて成人してきた私どももみんな、どこかにこうむってますね。

小林　それはそうだよ。そういう技術としては、それはそれでいいんでしょう。

江藤　この場合結局は、細分していくと、人口六百人当りに一つの小学校をつくらなければならなくなった。それぐらい細分化すると、寺子屋をそのまま小学校という看板をかけかえると具合がいいようになる、というふうに、奇妙な自然の摂理のようなものが、実際明治の頃には働いたんですね。

僕はつくづく思うんだけれども、たとえば役人っていうのは、みんな秀才でしょう。東大とか、京大とか、そういうところで法律をやって、出てくる人が多い。そうするとこれはみんな仕事ができるんですね。それはもちろん町名変更なんかもやるし、その他いろいろ整然としたものをつくり上げて、能率的に仕事をしていくんだろうと思います。彼らは何かいま小林さんのおっしゃった、究極はそこにいくんだという感受性に根ざしたものを、少しずつ削《そ》ぎ落すことによって有能な役人になっていく。それは企業に入る人もそうかもしれませんけど、そういう教育をしてますね。

小林 だから「学校じゃ、何にも覚えてこない」と、常識人がよく言うのは、そういうところにもあるわね。

江藤 もう一つ面白いのは、今度開講するにあたって、学生に、アンケートをやらせたんです。「社会」と「世間」という言葉のそれぞれについてどういう概念規定をするか。そうしますと「社会」というものは、非常に科学的な、利益社会的なもので、自分の外側にあって、国家とか企業とか学校とかいうような組織と関係がある。しかし「世間」っていうと、自分に非常な身近なもので、要するに感情の入ったもので、肌合いに触れてくるものだという答えが返ってきたんです。

それは、各学年の学生を通じて大体同じ結果が出てきました。人間は具体的には「世間」の中に生きている、そこには人間的な時間が流れている。一方、「社会」には物理的な時間が流れている。そうして、そこではネクタイをし、背広を着て緊張して生きなければいけない。

そういうふうに、二つの概念が、表と裏のように併存しているんだということは、大学生はみんな知っているんですね。おそらく、彼らの学問は「社会」のために行われるが、現実には「世間」で生きている。だけど、彼らはその二つが分裂していることの不思議さについては、あまり考えたことがないんですね。そこをどういうふうに考えたら、自分の目で、まわりに広がっている生きた人間たちの姿が摑めるようになるのか、というようなことを考えているんですけれども。

道を知ることは歴史を知ること

小林　哲学というものは今日はやらない。はやらないから捨てるので、なぜはやらないかは反省しない。哲学とは反省に関する学ではないのかな。歴史学が未来学になるのは、内に向ける眼を捨てたということだな。

日本は非常にむずかしい国だと、つくづく僕は思いますね。宣長さんの学問が、一番影響を受けたのは、荻生徂徠ですよ。荻生徂徠というのは、古文辞学という、非常に独創的な学問を始めた人ですが、宣長は、表向きには、そんな影響なんか、絶対受けてないといっている。それは一面では本当で、まともに言ったら受けていないとしかいいようがないものはあった。しかしあの人の青年時代、日本を風靡したのは古文辞学だったからね。みんな儒学を習ったんだから、影響を受けていないことは絶対にないんだ。みんなその影響下に入っているんだ。

歴史というものはみんなそうなんでね。本人が言っていることが本当かどうかは、百年くらいたたないと、わからない。みんな流れてみなければ、自分を表わすことができないのが歴史だろう。現在に生きていて、現在を知ることはできない。

徂徠も、また詳しく読んでみますと、それは、なんともいえない不思議なことがわかってくる。あんなにシナに夢中になれたのは、彼が日本人だったからだということがわかってくる。宣長ももちろん、ほかの国には出てこない。どうしてああいう人が出てきたかというと、これは、日本の言葉の伝統に深く関係する日本の個性なんです。日本のように、漢文の訓読という、こんな不思議な言語経験をしてきた民族なんて、他にありません。日本の文章というものは漢文の訓読によってできたものです。だから、日本人というのは、非常に批判的だし、反省的なんです。日本人は模倣的だなんていうことを人はいうだろう。それは日本の歴史を知らないんで、本当はそうじゃない、日本人は反省的なんです。いつでも人と比較しなければ自分の文明を保てなかった人たちなんですよ。

言語は文明の基礎です。日本人は漢文と日本語と二つ持って、その二つをずっと千余年も比較してきた民族なのです。漢文を利用し、あるいは漢文に抗し、漢字を使ってどうしたら日本文を書くことができるか、この長い苦心は、まったく夢のようなものです。そしてその日本文を、一番先につくったのは女です。これはなにも、日本の女が偉かったんでもなんでもない。紫式部は天才にはちがいないけど、日本独特の言語経験がなければ、ああいう女は出てこない。あのころの、日本の女流文学の盛行というものもむろん世界中になかったものだ。

漢文は男がやっていて、絶対、生活の中に入ってこなかったから、女は生活に即した文章を書いた。日本の文章を書いたんです。だけど、あれは漢文というものが一方になければ書けません。紫式部は漢文に堪能だった。『源氏物語』はそういう批評的文章、比較の上になりたった文章なんですよ。

そういうふうに、日本は文明自体が批判的な文明なんです。いまだにそれはそうで、日本人は外国語を覚えるのが不得手なのだ。英語でもフランス語でもまだ訓読しているんですよ。決して模倣文明じゃない。自己批判の文明、自省力というふうなものの敏感さでは日本人は世界一じゃないか、僕はそう思う。それは、言語の伝統からして、そうならざるを得なかったんです。

徂徠は、物徂徠なんて書いているだろう。聖人というのは中国に出たんだからね。そんな偉い人は日本には一人も出てやしない。日本人には哲学者はいない。哲学は向うに出た。自分の学問は哲学なのだから、日本人など相手にできないというわけだ。徂徠は三十一歳で柳沢吉保に仕えることになって、唐話唐音の研究に熱中しだした。だからあの蘐園《けんえん》学派というのは、みんな中国語はペラペラだったのですよ。こんなことは、日本の漢学の伝統にはなかったのです。そこで、あの人はついに何が望みになったかというと支那の六経を、いまの日本の言葉で翻訳しようということであった。物茂卿どころのさわぎじゃないではないか。しかし本当はそうなんだけれども、これを、とうとうやれないで死んじゃった。あの人は病身だったからね。それなのに、「お前は日本人か」などと、馬鹿者どもは悪口を言っていたのだ。

その全く逆をやったのが宣長なんですよ。徂徠は華語をもって聖人の道、つまり中国の書を究《きわ》めようとした、宣長は日本語で日本の古典を究めようとしたんです。だから、宣長に徂徠の影響がないどころじゃないんです。日本の言語伝統がなければ、二人とも、出なかった人なんですよ。どっちも国粋主義なんかとは何の関係もない[2]、そういうわかりやすい考えとは関係のない学問なんです。だから徂徠は聖人の学では、自分が一番偉いという自信があったんですよ。当時の中国なんかではどうせ学問はずっと遅れていたんですからね。彼は中国語なんかでも、しゃべれなければおかしいから、ただしゃべってみたんですね。しかし結局、聖人のことは、世界中でおれが一番よくわかっている。「和人にして和人にあらず、華人ならずして華人なり」という、そういう妙所に、おれは達した、というんだ。そしてその妙所から何をやるかというと、六経を現代の日本の言葉に翻訳することを理想にしたわけです。中国人の古典の注釈など信ずるに足らぬと考えたのです。

宣長の『古事記伝』も学者の精神の烈しさでは同じことなんですよ。徂徠に対して宣長は、なに、馬鹿を言っているんだ、それなら、なぜ日本のことをやらないかと言った。それだけの違いなんですよ。あのころの日本の学者の、なんともいえない自信だな、あれは、なんともうらやましいものですね。学問上の単なる正しさなど屁のようなものだ。

江藤　なぜ、あのころの学者は、そのように、根本的な問題に直面することができたんでしょうね。

小林　それを考えていくとやはり応仁の乱を考える。応仁の乱というものを、歴史家はただ政治的事件としてしかみていませんけれども、文明上の意味からいうと応仁の乱のような乱は、世界中にない。これを統一したのは秀吉でしょう。秀吉というのは乞食です。乞食が、どうして日本中を統一できたのか、これを考えるべきです。国民全部がその実力を認めたというところにその意味がある。この革命が、十五世紀から十六世紀にかけての百年の間に日本に起ったんです。日本全国の大名は入れ替ってしまったのですから、おどろくべきことです。そのとき、日本は日本的にデモクラシーになった。学問は、そこから起ったんです。学問は全く、日本のそういう歴史の運命から起ったんです。

中江藤樹が学問界の秀吉です。これも農夫から近江聖人になったのだからね。まったく徒手空拳の道をいったのです。学問も実力で根底から摑み直されたのだ。それがわが国の近世の学問の血脈なのです。

宣長の学問ももちろんこの伝統の上にあるのです。摑み直された儒学、道の学問なので、文献学というようなものではない。今日の学問の概念で捕えられる学問の性質を、宣長の学問のうちに見つけ出したところで仕方ないでしょう。そんな見かたは過去を見ているつもりで実は未来しか見えていないのです。それに今日のサイエンスは、昔の道の学問に取って替れるというものでもないでしょう。サイエンスというものは事実研究でしょう。事実に関する論理をいうのでしょう。その論理とは因果論でしょう、物の原因が解ったって物が解ったことにはならない。人生の原因を知れば、人生とは何かという問いに答えたことになるのか。実に簡単明瞭なことです。

江藤　サイエンスはものの動き、または物と物との関係の記述ですからね。

小林　そうです。記述なんです。それは、どういう効果があるかというと、サイエンスというものに通達すると、コンピューターができるんです。そうすると、未来ではないけれども、未来みたいな顔をしたものがわかる。そうすると、計画が立つんですよ。計画が立つということは、人間が能率的に行動できるということなんです。サイエンスの目的は、能率的な行動にあるんです。

だから、物を理解しよう認識しようと思ったら、科学に頼っても駄目でしょう。こういうものはこういう意味だということを教えることが、物を理解することでしょう。そうすれば、それは道の学問になる。道を知ることは歴史を知ることだ。それを一番先に日本で気づいた人が徂徠なんです。

「学問は、歴史に極まり候事に候」と彼はいったし、また「すべての学問の道は文章の他これ無く候」ともいった。だから、歴史というものは、言葉の歴史なんです。自然には歴史はない。歴史は「天地自然の道」でも「事物当行の理」でもないと徂徠は、はっきり言っている。歴史のあるものは言葉だけです。言葉を研究すれば、歴史がわかるわけでしょう。道というものには言葉しかないんです。物質なんていうものはないんです。

歴史的な出来事というものがありますね。歴史的な出来事は、人間の一つの行為だろう。行為というものは、外から見れば物的です。外から見れば、出来事は時間的な連続だ。だけど、それは、外から見てそうなんだけれども、言葉は外にないだろう。出来事の中にあるだろう、意味だからな。そして歴史家っていうのは、どうしたって出来事の中に入らなきゃならない。入ると、言葉しかないんだよ。だから、事というのは言なんです。

宣長もそういったろう。「事ハ言ナリ」。これは、徂徠の思想をそのまま受け継いだんだ。事というのは行為ですね。行為というものは、外から見れば物的なものだ。けれども、物的なものは、みんな自然に属するだろう、そこには歴史はないよね。

これが歴史になるのには、その中の事の意味が問題なんだよね。事を、どういうふうに人間が経験して、どういうふうに解釈したかということが歴史だろう。その解釈というのは言葉なんだね。

経験も言葉だよ。「こういうふうに経験した」というのは言葉だろう。だから、名前をつけることが経験なんですね。山という言葉を研究すれば歴史はわかるけれども、山の高さを計ったって、歴史はない。そういうことを、初めてはっきりいったのが徂徠なんですよ。

歴史家の仕事は思い出すこと

江藤　個々人の場合に、個々人の歴史というものを考えますと、徂徠でもいいし、宣長でもいいんですが、言葉が、しばしば秘められていることがあるでしょう。

小林　秘められている……？

江藤　もちろん宣長の場合には、いろんな人が書いていて、書いた言葉の裏をよく見ていけば、言葉の意味がわかる、それが学問だと思いますけれども、たとえば、その鍵になる言葉が非常に少い人もいるわけですね。

小林　あア、そうだ。

江藤　たとえば勝海舟っていう人は、私、非常に面白くて好きなんですが、彼の書いたものは語録みたいなものか、あとは幕府の終りの頃の兵制史として『陸軍歴史』『海軍歴史』。それから外交史として『開国起源』ですね。さらに経済史として『吹塵録』『吹塵余録』。そういうものが残っているだけですが、海舟っていう人も、ずいぶんいろんなことといわれた人だと思うんです。

福沢諭吉の『瘠我慢の説』にのっている批判というのは有名で、海舟の江戸開城のときの進退は、これは百歩を譲ってわかるとしても、爾後の彼が伯爵になったり、枢密顧問官になったりしたことはよくわからないという。それはだから行為の結果だけを見て、それでわかるとか、わからないとかいえば、それは確かにわかりにくいものだろう。だけど何かそれこそ直覚的に、海舟はそれに対して、「行蔵は我に存す、毀誉は他人の主張、我に与らず我に関せずと存じ候」と、簡潔な返事を出しておりますね。そういう『瘠我慢の説』を、福沢から送られたときに、海舟がたちどころに非常に端的な返事を送って、それで解決がついたと思えたのはなぜだろう。そのとき榎本武揚にも、福沢はやはり同じ手紙を送ったんですが、榎本のほうは、何かやや弁解がましいことを書いて、いずれ会ってゆっくり話そうというようなことをいった。これに対して海舟は実ににべもないけれども、実に簡潔な答えをしている。おれは弁解などしない、評判を立てるのはおまえらの自由だ、いずれにせよ「行蔵は我に存す」というわけですね。これはいま小林さんのおっしゃったことを、僕流に解釈していえば、つまり、行為というものの結果、それはおまえも見ているけれども、その意味は、おれこそが知ってるんだっていうことだろうと思うんですね。

じゃその意味っていうのは何だろうと思って見ていきますと、そこにはちゃんと言葉があるんですね。その言葉は、つまりこっちが一所懸命自分の拙《つたな》い言葉で置き換えて共鳴させてみなければならないような言葉です。しかし、その海舟が、維新のときに四十五、六歳でしょうか。それから七十七で亡くなるまで、彼がやはり人にそういって放言してはばからなかったように、だれにも目に見えないところで、政治家としての責任をとり続けて、彼流の言葉でいえば、辛苦経営したものがちゃんとあったということは、それはだんだん資料が出てきたりすると、少しずつ実証することすら可能になってくるところがあるし、その実証する資料だけではなくて、そのとき彼は、こういう言葉をきっと胸の中に充満さしていたであろうということすら、想像されるような感じもしてくる。ですからそういうものの集積というんでしょうか、からみ合いというものが、歴史をつくってるんですね。

小林　そうです。だから言葉ってものは、何も言葉になって外にあらわれる必要はちっともないわけです。だって行為に意味があると直覚するものは、その中に言葉があるなということを、想像することでしょう。

江藤　そのとおりですね。

小林　言葉になる、ならないは、どっちでもよい。

江藤　たいしたことではないわけですね。

小林　だから「歴史家にできることは、想像上の事だ」というのは、そこなんだよ。想像すればいいわけでしょう。その想像ってものは、空想じゃなくて、つまり証拠があるわけでしょう。

江藤　もちろんそうです。

小林　これが歴史家の想像だよね。その点、やっぱりまあ、クリエーションだね。

江藤　私はそう思いますね。

小林　歴史家ってものは、何も過去に戻るんじゃないんですよ。

江藤　現在を生きるんです。

小林　そうですよ。思い出すんですよ、思い出すってことは想像でしょう。思い出すってことはどういうことかっていうと、人間が持って生れた、これがなけりゃ人間じゃないといっていいぐらいな、人間に備わった一つの能力でしょう。なぜみんなこれを捨てるのか。

江藤　ほんとですね。

小林　おそらく人間の生得の能力で、一番大きいのは過去を思い出すことができるってことですよ。これが人間を動物と、あるいは人間を自然と区別する、一番大きな目安ですよ。この一番大きな目安を捨てたら、あと人間にろくなことできませんよ、認識論的に。それをいま、現代人はやってるんです。だからそれはもうろくなことはできないですよ。リアルなものを経験するということについては、ろくなことはできない。疑似的な経験はできる。だけど悟道ということはない。もちろん疑似的なものだって、まったく間違ってるとはいえないが。

江藤　能率とか、効率とか、そういうことだけでいえばね。

小林　そうそう、それは確かだが、何もそれを人生観みたいに、何か説教されちゃかなわないよ。

江藤　ほんとにそうですね、それはたとえばこの頃の小説を読みますと、疑似的なものといまおっしゃったようなものを、作家が一所懸命描写しようとするんですね。つまり、いま自分の周辺には、疑似的なものしかないようにみえるんですよ。それは実はうそなんですけれどね。ものはあるんですけれど、そのものがものだと思えないんです。たとえば木目の通った天井とか、そこにハエが一匹とまっていたと書けば、それは何か思い出したことになって、何の意味もないような描写が、一つの経験を産むのですね。そういうものはいまだってちゃんとあるんですけれども、それを見ないのです。
たとえば、いまの東京の町みたいな、コンクリートでかためた疑似的な地面の上にプレハブの家が建っていて……というようなものを描写しようとするんですね。しかも作家自身、自分がどこに属してるのか、どういう土地柄に根ざしてるのかということについての反省を行う余裕がないわけですね。作家自身が、コンピューター人間で、未来人間であるとすれば、出てくるものは、非常に奇妙なものになりますね。フィクションと一口にいいますが、フィクションというものは、ものに至る一つの回り道みたいなものだと思うんですけれども、このようにして書かれたフィクションというものは、フィクションの上にフィクションを重ねたフィクションでして、実は何にも書いてないんですよ。個人の意見というか、つまり、サイエンティフィックな現代解釈だけが書いてある。現代はこういうもので、その中では人間は衰えていかざるを得ないとかなんとか、そういうことが書いてあるわけです。それは読んでたって、面白くもおかしくもないですね。
小林　そうですか……?
江藤　ごく最近、女の小説家にちょっと違う人が出てきたような気がしますがね。それは何も、大作家が、紫式部、清少納言が出たとはいいませんけれども、さっき漢文をやるのは、公《おおやけ》のことだったというお話があったでしょう。そうするとコンピューターっていうのは、いわば当時の漢文みたいなもんだ。これに対して漢文じゃない、私事《わたくしごと》ってものがある人が、ちょっと出てきたわけですよ。私事を書く場合には、自分の言葉で何か書こうとするでしょう。そうすると、それは小説にまだ似てるんですね。似てるっていうか、それはまア小説なんです。もっとも、そのうちにまたどうなっていくかってことは、それは保証の限りではありませんけれどね。

イデオロギーが文章を忘れさせた

小林　あなたのいうこと、わかるような気がしますね。ただ、僕は聞いてて、いま思ったんだけども、日本のナチュラリズムっていうのがあったんですが、日本のナチュラリズムってものは、ちょっと世界に例のない、一つの文学運動でして、つまり文章道なんですよ。今までやってきた日本の文章が、西洋に刺激されましてあそこで工夫を要したんです。そういうふうにナチュラリズムを見なけりゃいけないんです。ところが文学史家は、そう見ない。つまり、あれは思想だと思うんです。職人がそんな思想の受け方をするわけがない。作家はみんな芸人ですからね。

江藤　そのとおりですね。

小林　だから「今度はこんな考えがあるそうだよ、どう書いたらいいかな」というのが、職人の一番の関心なんです。それをずっとみなやったんです。今度は左翼が入ったでしょう。左翼で初めて日本の文壇は思想を受け入れたんです。イデオロギーってやつですな。ここで初めて日本の文士は、ひとまず文章を忘れました。そしてひとまず忘れたのが、もうちょっと回復しないことになったんです。

江藤　そのとおりですね。

小林　昭和の文士たちがずいぶん抵抗したが衆寡敵せず、敗北した。それからあと、日本の文章の伝統はピタッとだめになった。さらに戦争になって、こいつが決定的な打撃を受けたんでしょう。

女がどうってことは、ちょっと僕わからないけどね。

江藤　さっき申し上げたのは、私すら最近名前を覚えたような人たちなんですけどね。

小林　その人がまた面白い……？

江藤　いや、面白いっていうか、一つ二つの作品に、やっぱりものをいじってる感触があるんですね。

小林　紫式部が出現したんじゃないんですね。（笑）

江藤　いやいや、そんなことはありません（笑）。私は毎月いろんなプレハブ的、コンピューター的文章をたくさん読んでおりますから、その中で、あアここにはまだ文章があるかなアと思うようなのがあった。それがたまたま女の人たちだったというだけのことです。ところでいまの自然主義のお話は、非常に面白いと思ったんですが、私も実は漱石を書いているうちに、文章のことをいろいろ考えました。私の頭にどういうわけかひっかかってたのは、徳田秋聲なんですけれども、そのうちに漱石をやってるあいだに、高浜虚子の文章ってものは、非常に何か大事なんじゃないかなアっていう感じがしてきましてね。つまり、自然主義ともからんで……。

小林　よく知りませんけど、あれは自然主義じゃないですよ、ちっとも……。

江藤　あれはそうじゃないですか。

小林　ないですよ。

江藤　しかし、僕は虚子の文章が、自然主義と呼応するっていうんでしょうか。つまり、職人が見て、あアこういう新しい考えがあるそうだ、それじゃどういう文章でやったらいいかなと思ったときに、わきで参考になる文章を書いていた人が虚子じゃないかって感じが、したんです。

小林　あア、これはどうも、そうかもしれませんね。

江藤　子規の文章と虚子の文章っていうのは、似ているようで非常に違うんですね。つまり虚子の文章のほうが、広がりがあるんです。いま小林さんのおっしゃいました自然主義の芸人、職人の作家たちが参考を求めた時に、あアこれだと思うものを、虚子はやってたんじゃないかと……。

小林　そういわれれば、あんたのいうとおりかもしれないね。

江藤　当時の「ホトトギス」を少し僕は系統的に読んでみて、近いうちにエッセイを書いてみたいと思っているんですが、どうもそういう見当なんですよ、小林さん。つまり、職人の素材ですね。学《まねび》のもとのようなものを、虚子って人は何だか一人でやってたようなところがあって……。

小林　ひとつお書きになったらどうですかね。

江藤　はア、ぜひ書きたいと思ってます。

小林　虚子って人は、みんなが忘れている……。

江藤　そう思いますね。

小林　「ホトトギス」っていうのは、たいへんな成功をしましたね。あの成功のもとっていうのは、文壇と違った、もっと生き生きとした日本の文章の伝統を……。

江藤　復活させようとしたからでしょう。

小林　ええ。

江藤　ちょっと調べましたら、虚子が『俳句の五十年』で、ほんとに控え目に書いているんですが、自分が「ホトトギス」の責任編集者になって、東京に発行所を移して一年ぐらいたって、写生文を実践し始めたら、間もなく小学校の生徒の作文のスタイルが全国的に変っちゃったっていうんですね。これがほんとの文章ですね。つまり、文壇の中で、フランスの新しい小説にはこんなことが書いてあるといって、フランス語があまりよく読めない人が、少し読む。もっとひどい場合には、拙劣な翻訳を読んで、その真似をするっていうのとは、全然意味が違うと思うんですよ。僕は虚子っていう人には、何かそういうものがあったと思うんです。

小林　僕は、虚子さんって人に、たった一回、会ったことがあるんですよ。大震災があったでしょう、あのときに僕の母親が、鎌倉に転地していたんです。それを見舞いに、僕は海軍で出してくれた駆逐艦にのっていったんです。そのときに虚子さんのある知人から、虚子さんを見舞ってくれってことを頼まれたんで、たしか長谷だったかにお訪ねして、東京のこの方も御無事です、それじゃ失礼って帰ったことがある。僕が虚子さんと会ってるのは、それだけなんですよ。

江藤　当時は、まだ高等学校の生徒でいらしたころですか。

小林　高等学校のときです。大震災のとき、揺れてから一週間ぐらいたってからでしたね。

俳句ってものを、もう一ぺん評価しなおさなければだめですね。あれがとにかくずっと生きていたこと、文壇なんかと何の関係もなく生きてたこと。これは大へんなことです。いまの文壇ってのも、いまの文学史っていうのも、実におかしなものですからね。

江藤　おかしなもんです。つまり、概念の歴史に置き換えて、それが学問だというふうなことになってますからね。

小林　本当いえば、日本の歴史全体がそうなのではないかな。まだ、日本史には、本当にやるべきことがいっぱいあるわけです。歴史を知るということは、なにも、日本が偉いということを知ることじゃない。ただ普通になれということです。

江藤　そのとおりですね。

小林　しかしとにかく日本は戦争に負けたんだから、このくらいのことはあっても、ちっとも不思議はないんです。このくらい日本が気違いになっても、決して不思議なことはないんですよ。日本の人はみんな利口で、敏感だからこんなことになったのであって、もう少しバカだったら、ぼんやりしていたでしょう。ところが、日本人はそうじゃない。こうなるのは日本の歴史が証《あか》しているように、一つの自省力のためですからね。こんなに反省した国民というのは他にないですよ。

江藤　ああ、悪かった、といって身も世もない。

小林　だからこうなってもしかたがないと思うけれども、これで日本が終るものですか。

言葉の歴史は文化の歴史の本質

江藤　しかし日本人が負けて気違いみたいになった。これはずいぶん時間がたたないと鎮静して来ないのでしょうかね。

小林　僕は、そんなことないと思うのです。速いんです。大体、日本人は何でも速いですからね。

江藤　それは、速いといえば速いです。速すぎるくらいですね。

小林　あなたもやっていて、よくわかると思うけれども、漱石が、なぜあんなに多数の読者を持っているかというと、やはり日本と外国と、「東洋と西洋」との対決という問題からとりくんだというところにあるでしょう。

江藤　そのとおりです。

小林　鷗外ももちろんそうだが、日本の伝統への反省、それも外国語を勉強して、これを通じての反省というところにある。この問題をあの二人は、なんとかしなければ、生きてゆけないと考えた。二人の仕事の、基礎をなしているものはクリエーションじゃない、実に日本人らしいクリティックなんですよ。

江藤　反省ですね。

小林　この反省というものが、日本人の文明に伝統的なものなんです。聖徳太子の時代から、日本人にはあるんです。聖徳太子が、はじめて『三経義疏』を書いたり、十七条憲法を書いたでしょう。あれは、日本人が書いた最初の立派な漢文ですね。ところが、また、それは日本の文章でもあった。日本人はあれをどう読んでいたかというと、おそらく訓読していたのです。なんともいえない不思議なことですね。

江藤　そうですね。

小林　そうでしょう。あんな立派なものを書いて、さて読むときには訓読していたにちがいない。証拠はありませんよ。証拠はないけど、そうとしか考えられないんです。この不思議な言語経験がなければ、日本人はあのとき朝鮮人になっていたんです。この経験が自省力、反省力を養ったんです。「日出づるところの天子」は有名だが、聖徳太子は、「自分は日本人だからこう書くんだ」という、非常に明瞭な自覚があったんです。そういう自覚で書いていています。

言葉の歴史というものは、文化の歴史の本質をなすものです。根底的にはこれがすべてを決定するんです。日本人は文明のはじまりから「日本の言葉をどうしようか」という大問題に苦しみ通してきた。それが日本の文化の歴史の最大の特色だと言っても過言ではない。『古事記』という書物はそのことをあらわしている。そのことをあらわしているということを見抜いた最初の人が宣長だったのです。この性質は誰にも見抜けなかった。つまり『古事記』は奇妙な書物だったのです。だから、『古事記』は偽書だろうという説があった。日本の正史には載ってないんですからね。僕の推測では、天武天皇と、太安《おおのやす》万《ま》侶《ろ》と、稗田《ひえだの》阿《あ》礼《れ》が偶然会するという幸運があって壬申の乱のような大事件があのときに起らなければ『古事記』はないんですよ。『古事記』はそういう非常に個性的な歴史的事件なんです。この歴史的事件の意味を直覚したのが宣長なんです。それまでは誰もいない。

江藤　日本語で書いたということの個性。

小林　もちろんそうです。宣長には、「文字の賢《さか》しら」という言葉があります。宣長には特に言霊論というものはないが、彼のいう言霊は言葉の発音にあるので、文字にはない。文字は漢字ですから。

日本には文字という賢しらが、中国から入ってきたでしょう。だから、言霊というものがだめになった。言霊という言葉を使ったのは万葉歌人です。『万葉集』の歌人は、唐から文字が入らなければ、言霊という言葉を思いつかなかったというところが大切なのですね。誰も自然語というものは手足のごとく使っているのだから、外国語を通さなくては、その性格を自覚できないのだ。

江藤　なるほど。言葉というものが文字で限定されるから、さらにそこから余るようなものですね。それを言霊というわけですね。いわば呼吸のようなもの。

小林　そうなんです。後世人は「言霊の幸《さきお》ふ国」というような言葉を歌人の自慢のようにうけとるが、そんなのんきな考えではしかたがないね。あれは漢文に強いられた反省による日本人の自覚なのだ。苦しくもまた明瞭な自覚なんです。

江藤　それからして、反省的、批評的ですね。

小林　いつも言霊を意識しながら漢文を書いていた。しかし漢文の普及ということはどうしたって必要だ。奈良朝になると、大学をどんどん作らねばならない。明治と同じだ。大学を作って漢文のできる大学生をつくらねばならない。それでなければ律令国家の組織はどうなるものでもない。

そうすると、今度は一挙に漢文になって、言霊を失った。やつらの書いているものは、みんな、抽象的言語になって始末に困ることになる。これはなんとかしなくちゃならん。一番先にやったのは、紀貫之ですが、始末をつけたのは紫式部です。だから、紫式部の偉さというのは決定的なんです。いまの西洋文学を学んだ人が、あれを心理小説みたいに、なんとかかんとか言いますけれども……。

江藤 プルーストとかなんとかいったり。
小林 そんなことをいうより紫式部は、なんとかして生きた日本語を自在に使いたかったんです。
江藤 そうですね。司馬遷の『史記』に対するはっきりした対抗意識がありますものね。「蛍」の巻などに。
小林 そういう願いをとくと想像してみなければなりません。光源氏の心理学というような論文は読みたくないな。現代の知識人はみんな心理学の達人だな。分析心理学というやつは、どうもコンピューターみたいなところがありますね。
僕は、フロイトをわりあいよく読んだんです。フロイトは偉い人ですけれど、フロイトの悲しみをみんな知らないで受け入れているんですね。だからこの心理学は、わが国の知識人には害しかもたらさなかったと僕は考えている。
江藤 おっしゃることは、わかるような気がしますね。つまりフロイトのあとに新フロイト派というのが、いろいろ出てきて、その中には、フロイトの悲しみを反芻《はんすう》しているような、フロイトが、内側を、全部外へ露出しちゃって、腑分けしようとしたのに対して、またその蓋をしようとするような連中がこのごろ出てきましたからね。
小林 それはアメリカなんかに多いんじゃないかな。

江藤　ヨーロッパで育って、アメリカに亡命したような、フロイトと同じようなユダヤ人の学者の中で、フロイトの罪滅ぼしみたいなような学説を立てる人がいますね。

さっき、小林さんが、思想にだってドラマがあるとおっしゃいましたが、僕は、漱石を書き始めたころ、ある先輩に「君、漱石は書きにくいだろう、女がいたわけじゃないし、家庭がこわれたわけじゃないし、岩野泡鳴とか、ほかの小説家と比べたら、実に書きにくいだろう」といわれました。それはまったくそうだろうと思ったんです。だけれど、やり出してみると漱石という人は、実にドラマチックなんですね。

それは結局、さっき小林さんがおっしゃったように、根本に、西洋と東洋があって、その中に緊張したクリティックがあるということなんでしょうけれども、これが、いろいろな位相に、いろいろな形をとって、漱石の生涯を通じて表現されているように思うんです。といって別にむずかしく考える必要はないので、要するに、彼の書いたものを虚心に読んでいると、そういうことがよくわかるんですね。鷗外もそうですけれども。

三島事件も日本にしか起きえない悲劇

小林　宣長とか徂徠という人にも生活の上にはドラマなどない。ドラマは思想の上だけでおきている。宣長の歌はまずい、なんていうことがよく言われますがね。宣長は、昼間、歌なんか詠まないのですよ。陽で本が読めるときには、本を読んでいます。ところが暗くなって本も読めなくて、しかしロウソクをつけるのはまだ惜しいという時間があるでしょう。そのとき宣長は歌を詠むんです。そういうことを知らないで、宣長の歌はまずいなんていったって仕方がない。それは宣長という人間を知らないのですよ。宣長という人は、日本語の勉強のために歌を詠んでいるんですから。

契沖の歌だって下手ですよ。しかし宣長に言わせれば、契沖ぐらいの歌学の達人になれば、下手なのは当然だ、と言っています。

上田秋成と宣長のアマテラスオオミカミに関する論争があるでしょう。宣長は、アマテラスオオミカミが天の岩戸に隠れると六合《くに》が暗くなった、つまり世界中が暗くなったというんだ。そうすると秋成は、そんな馬鹿なことがあるか、六合というのは高天原で、日本国内に限ってのことじゃないか、という。すると宣長が何と答えてるかというと、それはそうかもしれん、お前のいう通り六合というのは高天原のことだと譲歩してもいいが、しかしそれじゃ、日の神というのは何だ、日の神というのは太陽の神のことではないか、太陽は日本だけを照らしているわけではない、そうでなければ日の神なんて言い方はしないじゃないか。それともお前は日の神というのも「仮りの名」だというのかというわけだ。

このようなところに思想のドラマの面白さが見えない盲には、宣長はわからない。こんな面白いことはないね。歴史の本当の中身には言葉しかないんだよ。言葉以外に歴史があると思ったら、間違いだろう。それが宣長さんには直覚されていたんだよ。だけどあのとき秋成にはこれがわからないんだよ、秋成は地球儀を持ち出したんだ。「宣長さん、日本はこんなに小さいんだよ、こんなところでどうして威張っていられるのか」っていったんだ。面白いねえ。

江藤　秋成の持ち出したのはたしか万国図、つまり世界地図で、地球儀ではなかったと思います。まアそれはどうでもいいですけれど、僕は、上田秋成にも秋成のドラマがあると思います。秋成という人は非常に孤独な人で、「孤」というようなものを本当に信じていたのですからね。非常に面白いものがあると思います。

小林　秋成は加藤宇万伎《うまき》の弟子ですよ。宇万伎は賀茂真淵の弟子です。

江藤　たいへんなひねくれ者ですけれど……。

小林　秋成は宣長さんを崇拝してるんですよ。してるけども、宣長さんが、だんだん、だんだんと変なこと言いだすでしょう。

江藤　他人にはさっぱり通じないようなことをいうから、いらいらしてくる。

小林　いらいらしてくる。「宣長さん、日神《にっしん》がわが国のみならず世界中を照らす、というのは何の書物に記してあるのですか」と秋成がきけば、「天照大神はいまでもお照らしになっている。そういう議論は漢意《からごころ》からで、どこに載っているかというのは全くの愚問だ」と、こういうわけだ。それで宣長のことを田舎学者だ、伊勢のような田舎にいて、田舎者を集めていればそれでいいだろう、だけども本場にくれば、それじゃすまない、というわけで、最後のところは歌になる。「さても伊勢のお方は、皇国には非常に忠実なもんですな。わたしはその伊勢の人に忠実でいよう」って詠んだんだ。これは悪いやな（笑）。そんな変な当てこすり……。

江藤 小意地が悪いといえば、悪いですけれど。

小林 そうね。宣長は、すぐ看破した。君はおれの悪口をいうならよろしいが、しかしおまえのものを読めば、皇御国《すめらみくに》の悪口になってるんではないか、皇御国に生れて皇御国を言い下すとは、これいかなる人情ぞや、という。正しい認識は情によるしかないというのが、宣長の哲学です。二人は、すれ違いですわ。すれ違いですけど、両方とも人間を見てものをいってるところが面白いのです。

江藤 たしかに、おたがいに人間を見ていっていますね。

小林 ちゃんと人間を見てますよ。

江藤 もちろん秋成は、宣長のことを「伊勢の人」だ、田舎者だといったとたんに、そういっただけではおさまり切れないものを感じていたはずだと思いますね。これをまた、単なる秋成の宣長に対するひがみだとも考えられませんね。のちの明治維新の改革でも、日露戦争の勝利でも、日本を万国図のなかに置いてみるような考え方からしか実現しなかったと思います。この感覚が第一次大戦以後、なくなってしまったことのほうが、問題ではありませんか。僕は秋成は宣長をからかっただけで、日本の悪口をいったわけではなかったと思います。日本が好きで、日本語を大切にした人でなければ、『春雨物語』なんて書くわけがないと思いますね。

小林　書くわけないですよ。

江藤　秋成はもともと漢文のかなり読める人で、『雨月物語』も、『醒世恒言』や『剪灯新話』のような中国の白話や雅文の小説の換骨奪胎といえないこともありませんが、それを『雨月物語』として日本語で書いたということ自体、漱石や鷗外の場合と同じような、和漢のあいだに身を置いたクリティックのあらわれだったと思います。それは日本語ということを、やはり秋成なりに真剣に考えたからでしょう。

小林　そうですね。だけど大体ああいうものが出たのは、徂徠が前にいたからなんですよ。徂徠がいたからああいう学問の上での都会人、自由人が出てきたのですね。宣長と徂徠とは見かけはまるで違った仕事をしたのですが、その思想家としての徹底性と純粋性では実によく似た気象を持った人なのだね。そして二人とも外国の人には大変わかりにくい思想家なのだ。日本人には実にわかりやすいものがある。三島君の悲劇(3)も日本にしかおきえないものでしょうが、外国人にはなかなかわかりにくい事件でしょう。

江藤 そうでしょうか。三島事件は三島さんに早い老年がきた、というようなものなんじゃないですか。

小林 いや、それは違うでしょう。

江藤 じゃあれはなんですか。老年といってあたらなければ一種の病気でしょう。

小林 あなた、病気というけどな、日本の歴史を病気というか。

江藤 日本の歴史を病気とは、もちろん言いませんけれども、三島さんのあれは病気じゃないですか。病気じゃなくて、もっとほかに意味があるんですか。

小林 いやア、そんなことというけどな。それなら、吉田松陰は病気か。

江藤 吉田松陰と三島由紀夫とは違うじゃありませんか。

小林 日本的事件という意味では同じだ。僕はそう思うんだ。堺事件にしたってそうです。

江藤 ちょっと、そこがよくわからないんですが。吉田松陰はわかるつもりです。堺事件も、それなりにわかるような気がしますけれども……。

小林 合理的なものはなんにもありません。ああいうことがあそこで起ったということですよ。

江藤　僕の印象を申し上げますと、三島事件はむしろ非常に合理的、かつ人工的な感じが強くて、今にいたるまであまりリアリティが感じられません。吉田松陰とはだいぶちがうと思います。たいした歴史の事件だなどとは思えないし、いわんや歴史を進展させているなどとはまったく思えませんね。

小林　いえ。ぜんぜんそうではない。三島は、ずいぶん希望したでしょう。松陰もいっぱい希望して、最後、ああなるとは、絶対思わなかったですね。

　三島の場合はあのときに、よしッ、と、みな立ったかもしれません。そしてあいつは腹を切るの、よしたかもしれません。それはわかりません。

江藤　立とうが、立つまいが……？

小林　うん。

江藤　そうですか。

小林　ああいうことは、わざわざいろんなこと思うことはないんじゃないの。歴史というものは、あんなものの連続ですよ。子供だって、女の子だって、くやしくて、つらいことだって、みんなやっていることですよ。みんな、腹切ってますよ。

江藤　子供や女の、くやしさやつらさが、やはり歴史を進展させているとおっしゃるのなら、そこのところは納得できるような気がします。だって希望するといえば、偉い人たちばかりではない。名もない女も、匹夫や子供も、みんなやはり熱烈に希望していますもの。

小林 まア、人間というものは、たいしてよくなりませんよ。

江藤 それはそうです。

小林 どうしたらいいんですかね。僕は、いろんなこと考えましたが、結局キリスト教というのはわからないと思った。わかりません、私には。宣長のいっていることは、私にはわかるんです。しかし、徂徠もそうだが、武士道などには何の関係もない、つよいがおだやかな人だったから、妙な言い方になるようだが、二人ともやっぱり憤死なんですよ。

江藤 それを小林さんは、『本居宣長』の最初にお書きになっていらっしゃいますね。葬式についての気の配り方、あれは憤死だからこそああなんでしょう。

日本語は言語学者には宝庫のようなもの

小林 そうです。全然二人とも孤独だったんです。

松平定信というのが徳川末期に出てきまして、これはやっぱり日本の知恵者です。つまり、あのとき、徂徠、宣長と二人の天才があらわれて、こうだといって問題をほうり出して死んでしまったでしょう。あとはみんなわいわいで何もありはしない。それから弟子どもの競演です。これはほっといたらどうなるかわからぬ。やっぱり「異学の禁」は必要だったんです。それから経済的ないろんな波乱が起ってくるでしょう、どうすることもできないから、思いきってやったのが松平定信なんですよ。だから『花月草紙』っていう本は、やっぱり日本の知恵者の本です。

　ああいうふうな学問がどういうわけで以後なくなったのか、つまり元禄ですね。「元禄時代」というものの研究を、日本人の歴史家はもう一ぺんしないとわかりません。徳川封建主義などと子供みたいなことをいっていては、日本の歴史はわかりません。僕が『忠臣蔵』を柄にもなく書きだしたのは、そこにあるんですよ。『忠臣蔵』ぐらい、文明の先端をいくような事件は、ちょっと世界中にないんですよ。あれは野蛮な、ただの復讐、全く私的な復讐でしょう。それを、おれたちのは喧嘩だ、とちゃんと宣言して、そう言えばつかまるでしょうから黙って、絶対地下運動にして、相手を斬った。そして成功したからパッと公にしたんです。で、切腹するんです。切腹は、公のことですからね。これで終り。つまり、「法律はこうだな、よし、おれは法律に従うよ」といって、連中は死んじゃったんです。そしてやったことは、全部私的なことです。私的な道徳です。このことがほんとにわかったのは、当時、荻生徂徠しかいないんですよ。そういうことが歴史の面白さで、そういうことをやるのが、歴史なんですよ。

こういうこともあるんです。日本のように複雑な言語経験をした民族の言語は、言語学者には宝庫のようなものです。僕は言語に関する本は、いろいろ読んでみましたけど、結局は、どうも言語問題っていうのは、これはやっぱり歴史問題と同じように、その中心に本質的に暗い性質があるのではないかと考えています。

江藤 しかし、小林さん、言語の世界にだっていま、コンピューターはずいぶん入ってきてますからね。

小林 そうですか。

江藤 マサチューセッツ工科大学というのは、言語学が非常に盛んなところだとされていて、そこには秀才の言語学者が何人もいますけども、コンピューターに言語現象っていうものを引きつけて、そこで何かを解決しようという学派が優勢なんですね。

ただ、言語問題だって、応仁の乱のあとではないけれども、第一次大戦のあとに、西洋人がやはり言語というものに非常に思いをひそめた時期があって、アルフレッド・コージブスキーとか、ウィトゲンシュタインとかいう気違いみたいな天才が出たんですよ。

小林 いま、言語学というのは、どこが一番発達しているんですか。

江藤 発達しているとされているのはアメリカでしょうね。コージブスキーとか、ウィトゲンシュタインの考えついた言語についての深刻な疑問、反省ですね。それは、いま小林さんのいっておられることに、直接に繋がるような種類のものだと思うんです。それは、その反省をどういう役に立てようかという功利的な欲が出てきて、そこから、ずいぶんおかしくなってきているんじゃないでしょうか。だけれど、それがどんどん先に先にと行って、言語学がサイエンスを模倣しはじめるというふうになった。

なぜ、僕がそういうことを申し上げるかというと、ちょうどアメリカに留学して、プリンストンの教師をしているときに、言語学をやっている連中は、みんなMIT派で、コンピューターにパンチカードを入れて、研究している連中でした。どうして、そういう楽天的なことができるのかと不思議に思ったものでした。

そのころ、さっきから伺っている小林さんのお話とも繋がりますけれども、『紫文要領』を読んだんです。僕は、まる二年のアメリカ生活で、忘れられない体験が三つありまして、一つは、漱石の『こゝろ』を、自分の研究室で読み直したときに非常に感動して、胸がいっぱいになるような感じがした。もう一つは、あるとき、なんのかげんでか世阿弥の『風姿花伝』を読んで、こんなに日本語がよくわかるのかと思ったことですね。それは、曰く言い難い、説明し難いもので、僕は国文科でもないし、古文の知識もない、通り一遍に受験で習ったことくらいのことしか知りません。むしろ、古文より英語のほうが親しみもあるし、日常も英語で暮していたわけですが、しかし、世阿弥を読んだときには、体液に共鳴するようにわかるという感じがした。そしてもう一つは『紫文要領』を読んだことです。それも、講義しなければならない必要から読んだのだとおぼえているんですけれども、これだ、これだ、という得心の行く経験をしました。それまで『こゝろ』にしろ、世阿弥にしろ、宣長にしろ、通り一遍にしか読んでいなかったのですね。僕は今のところ、宣長は『紫文要領』までです。アメリカで読んで、それがよくわかりました。

そういう体験をしながら、コンピューター的言語学を聞いていると、本当に、なんだか訳がわからなくなってくるんです。その間の径庭《けいてい》が、実にあるものだ。それは、僕が理解できない言語学です。それは抽象度がずっと上っちゃって、言語が、自然の言語というものから無限に離れているからでしょう。

小林　記号論理学だね。

江藤　記号論理学というより、もっと細分化されたものです。そういう言語学の流行している国で自分の存在を賭けて計量してみなければわからない言葉というものがあるという、逆のことを痛感しました。そういう言葉に、アメリカで、外面的には愉快な生活を愉しんでいた、僕のような負けた国の若い者が出逢ったということは、それは、妙なものですよ。

考えるとは相手と親しく交わること

小林　「世界語」なんてものはない。少くとも私たちにとって生きた言語としてはね。私たちにとって、自国語が自明で、しかも生き生きとした魅力を持っているということは、言語の外へなんか出られないという、そのことにほかならないのではないか。言語が対象化して研究するなど思いもおよばぬという、そのことではないだろうか。僕が先に言った言語問題の本質的な難解性というものが、そこにある。これが人間生活の歴史性というものと固く結ばれている。徂徠も宣長も、これに向って体当りしている。私はそういうふうに考えるようになったのです。

正直に考えれば、解決できないもの、解決してはいけないものに面している。当って砕けるよりしようがない。そういう胡麻化しのない態度を、劇的というのです。そういう所作を、考え方の上でやっている。それがうまく書けるかどうか。どうも、いつまでやってもうまくいかないのですよ。

まあ、言語の論理学、コンピューター的言語学、そんなものは考えられないな。徂徠の言い方で言うと、言語学というものはない。言語の道があるだけなのだ。道というのは術のことだ。言語を使う術があるきりだ。言語の道は、芸であり術であるから、具体的な行為で、その人その人の気質なり肉体なりに深く関係しなければ、正当には働かないのだよ。そこで言語は歴史的現実に根を下しているということになる。宣長の古学にしろ、徂徠の古文辞学にしろ、これを西洋の近代文献学に当てはめて考えようとしても、発想的に違うところがあるから、無理なんです。

儒学に発した道という言葉は、日本では、武士道から茶道に至るまで実に広く使われていて、私たちは何となくこの言葉の含みを直覚しているが、こういう言葉は西洋にはありませんね。わが国の近代の学問の魅力は、道の魅力なのです。肉体と結んだ思想の面白さなんです。だから、学者と文章家とが分離していない。これはまったく健全なことだ。思想家が文章を気にかけないなどということは、サイエンスの浅薄な影響を受けてから起った思想家の病気でしょう。サイエンスの洗礼を受けた学問というような見地に立っていては、いつまでたってもわが国の学問の血脈はつかめますまい。

宣長は空理をきらい実証を重んじた人だ。これはたしかなことだが、だから彼の学問の方法が今日の意味で科学的だと思うのはまちがいです。彼の学問にはサイエンスの性質がみつかる、というようなことを言って興ずるのは、まったく意味のないことです。彼の学問の方法は、サイエンスの方法として不徹底であったとか、不充分であったとかいうことではなく、まったくサイエンスの方法とは違ったものだったのです。

徂徠に「物は教えの条件である」という言葉があるが、宣長もそう考えていたので、しっかりした対象を相手に持たなければ、考えは空理に走り、学問にはならない。学問とは手ごたえのある物を前にして考えねばならない。

ところで、この「考える」という言葉の意味を、宣長は『玉勝間』の中で説明しているのですが、それによると「考ふ」という言葉は「むかふ」という意味なのだ。「む」は「身」です。「かふ」は「交ふ」です。相手と親身にまじわるということが、物を考えるという意味なのです。これが宣長の学問の根本の方法なので、もちろんこんな方法はサイエンスではありません。

宣長の学問の対象はいうまでもなく、古書古言が現わしている古人ですが、古人の研究は、今人を知る方法と少しも違わない。違う方法があるはずがない。人を知るには親しくその人と交わる他はない。自分と古人との間に親しい関係を結び、この関係を情理をつくして明瞭化する。これが宣長の古学なのです。この学問の方法は今日の歴史研究においても依然として根本的には正しいと僕は思っています。

江藤　ところで小林さんはベルグソンをよく読んでおられるようですが、あの人も歴史というものを大事に考えていたんでしょうね。

小林　面白い話があるんです。クローチェは、たいへんベルグソンを崇拝していまして、ベルグソンに会った思い出を書いた文章があります。彼はベルグソンに、「ヘーゲルをどう思いますか」って聞く。するとベルグソンは「あア、どうもすまん、有名なヘーゲルのへの字も、僕は知らないんですよ」と。ベルグソンは答えるんです。そのとき、クローチェは実に驚いた、と書いています。ああ、これは天才だなと思ったと言うんです。

僕は、ベルグソンの伝記をよく知っていますけれども、いわゆる秀才として世に現れた人じゃないんですよ。田舎のほうにいて、学生時代には数学をやり、それからスペンサーばかり読み、スペンサーではいかんと思って、『意識の直接与件論』を書いた人なんです。

江藤　ベルグソンがハーバート・スペンサーを読んで、これはまずいなアと思ったというのは、面白いですね。僕は漱石を書いていて、あア、そうかなアと思ったのは、まず、明治十年に『進化論』のダーウィンが入ってきて十一年に『社会進化論』のハーバート・スペンサーが入ってくるんですね。爾来、ハーバート・スペンサーは、いまのマルクス以上に、近代の日本の意識を決定しています。つまり、未来しか信じない、ということですね。

小林　それの使徒はだれですか。

江藤　ハーバート・スペンサーを持ってきたのはフェノロサです。ダーウィンを持ってきたのは、エドワード・モースです。東京開成学校が東京大学と名前が変ったばかりのときの、明治十年の十月に、ダーウィンの『進化論講義』というのを、エドワード・モースがやるんです。

小林　日本側の代表者はだれです……？

江藤　三宅雪嶺とか、加藤弘之とか、外山正一とかいう人たちが進化論の徒になってこれをずっと広めるんです。当時の東京大学の若い学生たちですね。

小林　日本の歴史学者も、みんなそれにならうわけですか。

江藤　そうなんです。諭吉は違いますね。諭吉は、ダーウィンがくる前から、いろいろ文明とかなんとかを一人で考えていたわけですね。そこへ本場の学者が二人くるんですね。まず、モースがきてダーウィンを植えつける。そのモースが翌年の夏に帰って、日本というところは、給料もいいし、みんな一所懸命講義を聞いてくれる、あそこは見どころがあるから、おまえもお雇い教師になってこいといって、二十五歳の若造を連れてくるのが、フェノロサですよ。

そして彼は一方では、ヘーゲルを教えるんですけれども、それ以上に熱心にハーバート・スペンサーを教えるんですね。爾来、ハーバート・スペンサーは、東海道新幹線から、コンピューターまでを決定しているといっても過言ではないと思う。それに比べれば、マルキシズムは、日本人のインテリにいろんな害悪を流しているかもしれないけれども、しかし、われわれの日常感覚には、ハーバート・スペンサーの方がつよく影響を及ぼしています。つまり、能率はいいことである、進歩はいいことである、過去は振り返らない、未来を見るということは、ハーバート・スペンサーが教えたことじゃないかと思いますね。

小林 スペンサーをやった代表的な思想家はだれです。

江藤 『社会学原理』を最初にやったのは、外山正一でしょう。『新体詩抄』を書いた一人ですね。それから、そのころの官学の大学教授は大体みんなスペンサーですね。

歴史の鏡に映るのは自分の顔

小林 日本の哲学科というのは、いつできたんですか。

江藤 そのころでしょうね。井上哲次郎だって、最初は、ハーバート・スペンサーから始まっているんですから。ハーバート・スペンサーしか哲学者がいないのは、あまりにしゃくだから、『日本朱子学派之哲学』『日本陽明学派之哲学』『日本古学派之哲学』というものをやり出したわけでしょう。あれは、いま、小林さんがやっていらっしゃることとは全く違うことで、つまり、村岡典嗣さんの祖ですね。日本の哲学を、十九世紀のドイツの哲学のヴォキャブラリーで解釈し直して、スペンサーの哲学を最初にやった。自分たちが教えてきた若い学生たちに、スペンサー経由の西洋哲学の語彙で日本の哲学を解釈したらかくのごとくなる、といったのが、井上哲次郎さんでしょう。その井上哲次郎さんから丸山眞男さんの『日本政治思想史研究』までは直結していますね。それは、丸山先生ご自身が書いておられることです。

それが、いろんな屈折を経ながら、僕の推測では、現在のコンピューターまでいって、シンク・タンク、テクノクラートまでいっているんじゃないでしょうか。

小林　アメリカでも、まだ社会進化論ですかね。

江藤　アメリカ人というのは、日本人とまた違った意味で、非常に反省の強い国民ですから、社会進化論を反省していますし、また、困ったことに、彼らは非常にヒポクリティカルで、現実を直視しないところがありますから、社会進化論は克服したなんていう言い方をします。社会進化論は植民地理論になったからまちがっている、といったふうにですね。

しかし、僕は、アメリカの社会に行って、ロサンゼルスで女房が病気になったとき、ちょうどウィークエンドで、しかも旗日が続いて、医者がどこにもいないというときに、それこそ、体で実感したのは、これは、いまだに社会進化論をそのままやっている国だ、ということですね。そこで僕は、アメリカの体験記を書いた最初の章に「適者生存」という名前をつけました。それは全く、ハーバート・スペンサーであり、ダーウィンの国なんです。ここでは休日にロサンゼルスにきて、病気になる奴が悪いわけです。そういう考え方もわかるけれど、病人がそばにいれば、その苦痛を軽減し、どっか病院に入れてやらなければならないと思うのが人情でしょう。自分の妻君であろうが、だれであろうが、かかわりがあれば。しかしアメリカの社会にそういう弱者を許容するところは、ぜんぜんないんです。

だから、進化論を克服したなんて、とんでもない話で、アメリカはまだ進化論そのものなんですよ。アメリカ社会に公害があり、自然汚染がある。すると世界で一番進化しているべきアメリカ社会が、こんなに汚れていていいか、ということになるわけです。世界で一番進化したアメリカ社会が、ベトナムで負けていいか、負けているから悪い戦さだ、というふうにくるわけです。戦さがいいか、悪いか、それは知ったこっちゃないけれども、いずれにしても彼らの発想の根本にあるものは、社会進化論ですよ。十九世紀の中葉以後のイギリス人が、世界で一番進化しているのはわが大英帝国だと思ったところから、おそらくハーバート・スペンサーの社会進化論だって出てきたんだと思います。文明は混沌から秩序に動く。人間は未開から文明に進む。これには、非常に確信を持っていっていたわけでしょう。だけれど、イギリス人は、さほどハーバート・スペンサーに熱中しなかった。この思想を信奉したのは、ドイツ人とアメリカ人で、なかでもアメリカ人が一番信じたんです。それで、アメリカ経由で、この思想は入ってきたんです。

よくアメリカ人と日本人が似ているというでしょう。能率主義、いわゆる勤勉などという点ですね。そのアメリカ人が、日本へきて、日本はアメリカを真似しすぎるとかなんとか最近になっていうわけですが、その元といえば、明治十年から十一年にかけて、日本へきたお雇い教師が持ってきたものなんです。ただ、フェノロサ自身は、これをコンペンセイトしていましたね。彼は東洋美術というものに進化論ではいかない世界があることを知った。そこら辺に叩き売られている絵に、自分の知っていた西洋的な人間中心的な視点で出た絵にはないものを見つけて、これはたいへんだと思った。そこで金にあかせてこれらの日本美術、支那美術を二束三文で買いあさってつくったのが、ボストンの Museum of Fine Arts でしょう。フェノロサの中には、一種のそういうふうな屈折があるわけです。しかしこのようにフェノロサは、日本美術を海外に紹介してくれた人だとして、日本人に覚えられているんですけれども、彼がハーバート・スペンサーを持ってきて、そのため日本が東海道新幹線から、シンク・タンクから、コンピューターまでいったということは、われわれは忘れているんです。忘れているくらいに進化論が瀰漫《びまん》して、日常茶飯事になっていると思いますね。そういうことに漱石は疑問を呈したし、鷗外も疑問を呈した。

そういう系譜をたずねていくと、小林さんがベルグソンをお読みになって、ベルグソンは田舎者だけど、正しいことをいっているとおっしゃるところまで繋がる。これは、文学史でも、思想史でもない、歴史です。小林さんがおっしゃっている、宣長のことをお書きになろうとすれば、中江藤樹が出てきたり、仁斎が出てきたりするという、それと同じです。つまり、学脈とおっしゃいましたが、血脈……。

小林　血脈でいいでしょう。

江藤　血脈、学脈というものがあって、それは、こういうふうに叙述するほかない。それは、社会進化論を信じる大多数に対してではない、そういうものに疑問を出してきた人たちの地下水のような流れというものが、あると思うんです。

小林　そうですね。

江藤　しかし、歴史が科学だということを信ずる度合のかくも熾烈なこと、現在の日本の大部分の知識人にまさるものはいないんじゃないかと思いますよ。いまは世界的に歴史も言葉もよく考えない、というふうになっていると思いますけれども、しかし、この極端な度合が、歴史は第一義的に科学であって、この科学という意味は、自然科学のアナロジーの上にある科学だということを信じて疑わず、かつ、それで、なにか一種の学派をなして、それしか歴史というものはないと思っているのが、わが国のいまの知識人と称する人たちの大部分だと思いますね。

小林　唯物史観ですね。やはりこの史観はまだ非常な影響力を持っているんだな。僕はむろん専門的議論などできないが、ごく常識的に考えても史観の上でマルクスがヘーゲルを克服したなどとはとても思えない。歴史の本当の中身は自然物ではない、観念である、従って歴史の動きは因果的ではない、論理的である、とマルクスに言われれば、なるほどそうも言えるだろうと思うが、自然物から歴史の意味を引き出そうなどとはとても考えられぬ。弁証法的に引き出すなら、そりゃ手品だな。

そういう現代風のやり方で、どんなに日本の歴史を調べても宣長のような人間には出会うことはできないね。宣長にとって歴史はやはり、伝統的な言葉で鏡だったのです。鏡に映るのは人間の顔だけです。しかもその表情のあらわしているものは言葉だけです。その言葉が嘘であろうと滑稽であろうと、その嘘の言葉、滑稽な言葉に、歴史の神があたえた意味合いを動かすことはできない。動かしたら歴史は消えてしまうのです。これはたいへん合理的な考え方です。ただそこまでまっしぐらに考えつめるということが困難なだけでしょう。宣長のやり方でいくと歴史の鏡に映ってくるのは、結局は自分自身の顔だと合点する、そういう道だといっていい。現にこうして生きている自分に還ってくる道です。しかし現代風のやり方の歴史では、歴史学は未来学にいくほかはありますまい。

あなたは、これから、漱石さん、またやるんですか。

江藤　はい。やるつもりでおります。

小林　いいねえ。これからだね。これから走っていくんだから。僕らは、これでもう寝ちゃうからいいんですけども……。あなたの文章は、非常に明快だから、よくわかりますね。あなた、明快なほうがいいんですよ。世間は、明快でなければわかりませんよ。お米の値段と同じです。

江藤　小林　そう思います。

（昭和四十六年七月）

注

＊「歴史について」　文藝春秋のオピニオン雑誌「諸君！」創刊二周年記念号（昭和四十六年七月号）の巻頭対談である。特別対談「歴史について」は「現代人が見失ったもの」という副題がついていた。編集部のリード文を引こう。「五月某日、新緑湯ヶ原［湯河原］の宿に、江藤淳氏は小林秀雄氏を訪問した。久しぶりにくつろいで対座した二人は、しばらく雑談の助走を続けていたが、やがてそれはそのまま精力的な日本文化論に発展していった。この対談は五時間にわたる談論風発のエッセンスであり、日本と日本人を考えるヒントの宝庫である」。二人は旅館の用意した丹前姿でくつろいでいるが、対談は三島由紀夫の評価で緊張の頂点に達する。四回

目の対話にして、江藤は初めて小林への挑戦者の立場を明らかにしたかのようである。

翌八月号の「編集後記」で田中健五編集長（後に社長）は、前号が「面白いようによく売れた」と報告している。「発売五日目に銀座のある書店にいったら雑誌が置いていない。客の顔をして『諸君！ありませんか』ときいたら『売り切れです』という。その並びの書店でも同じことだった。急に面白くなって、銀座から新橋、虎の門一帯、しらみつぶしに書店まわりをした。十五軒中売切れ十一軒、打率八割弱である。早足で歩くと汗ばむような陽気だったが、近来こんなにたのしい銀ブラもなかった」。田中健五は『現代日本文学館』の編集担当でもあった。

対談の雰囲気については田中健五編集長が証言を残している（「週刊読書人」平27・11・20）。「加満田［旅館］には小林さんが決まって泊まる部屋があった。そこで着物に着替えて江藤淳を待ち構えている。あの時には小林さんが、『恥ずかしいから一本呑ませてくれよ』と、日本酒を所望したんだ。『お酒なんか呑ませたら何時間でも話しているから、駄目ですよ』と、女将さんに言われたことを覚えています。でも、まあ一本だけみたいな感じで、小林さんは呑みはじめた。そんな思い出がひとつ。／もうひとつは、対談が終って、江藤さんが自分の部屋に一旦戻ってしばらくすると、旅館の人が『江藤先生がお呼びです』と言いにきたんだ。部屋にはいってみると、ついさっきまで浴衣姿だったのが、背広に着替えている。『疲れたから田中さん呑みにいこう』と。確か江藤さんは、対談中は呑まなかったと思う。それだけ緊張していたんだと思います。小林さんは結局三本ぐらい呑んで、かなり酔っぱらっていた」。対談の雰囲気はどうだったんですか、という質問にも田中は答えている。「悪くはなかったですね。よかったと思います。摑み合いにはなりませんでしたしね（笑）」。五時間の対談はかなりカットされて活字になった。「あの時は、対談をまとめて持っていくと、小林さんが江藤さんの発言までどんどん消しちゃったんだ（笑）。さすがに江藤さんもちょっと怒っていましたね」。

昭和四十七年刊の小林秀雄対談集『歴史について』（文藝春秋）で表題作となった。

（1）**東京工大で社会学を教える**　江藤はこの昭和四十六年（一九七一）四月から東京工業大学の助教授に就任した。担当科目は社会学で、永井道雄（後に三木武夫内閣の文部大臣）の後任としてであった。二年後には教授となり、担当科目は文学となる。小林の父・豊造は東工大の前身である蔵前の東京高等工業助教授だったことがある。

（2）**国粋主義とは関係ない**　小林は敗戦後の第一声「コメディ・リテレール――小林秀雄を囲んで」（「近代文学」昭21・2）で、宣長のために弁明している。「これから、歴史の合理的な解釈というものが盛んになるでしょう。いいことだと思う。しかし、伝統というものの尊さが本当に解ることとは、そういうことだけでは恐らく駄目でしょう。本居宣長がやったような、歴史に関する深い審美的体験を必要とするでしょう。本居宣長は、戦争中一部の論者にかつがれたが、そんなものではないですよ。今はもう誰も鼻もひっかけない。そんなものではないですよ」。

（3）**三島君の悲劇**　昭和四十五年（一九七〇）十一月二十五日、三島由紀夫は楯の会会員とともに市ヶ谷の自衛隊に乱入し、自衛隊の蹶起を促し、東部方面総監室で切腹、自決した。三島事件である。この対談はその半年後に行なわれている（解説参照）。

伝統回復あせる

江藤　淳

三島氏は割腹前、バルコニーで「日本の歴史と伝統を回復するために、自衛隊は立ち上がり、憲法改正を目ざせ」という趣旨の演説をしたという。しかし彼が回復しようとした「日本の歴史と伝統」とは、一体何であろうか。もちろん、国の歴史と伝統が、事件や政治的イデオロギー、あるいは法律の条文改正などで、簡単に回復されたり維持されたりするものではないことは自明の理である。

近代日本で起きたさまざまな極端な思想や事件が、かつての日本の伝統を変えたことがあるだろうか。明治時代の自由民権思想、その後の左翼、右翼の思想、戦後の民主自由思想など、いずれも流れに浮かぶうたかたに過ぎなかったことが、今やはっきりしている。局部的にはそれぞれの意味を持っていたとしても、けっして日本人全体の魂を揺り動かしはしなかった。

もし三島氏が、彼の今度の行動を日本の伝統というものに本気で結びつけて考えていたとしたら、それは悲しい誤解であり、幻影であったとしか言いようはない。

もともと三島氏は、国粋的な衣を身にまとって出発した文学者であった。学習院高等科時代、すでに作品集（『花ざかりの森』）を出すほどの早熟な天才であったが、これを読むと当時彼が強い影響を受けたのは、保田與重郎、蓮田善明らの唯美的ナショナリズムであったことがわかる。「美の極致としての日本」――これが彼の出発時での命題であった。

戦後、三島氏は文体までもすっかり変えて『仮面の告白』ではなやかに文壇に登場した。しかし戦後の焼け跡の時代は、彼にとってはじつに居心地の悪い時代であったに違いない。だから彼のいう「仮面」とは、戦後という時代に向けてかぶってみせた〝仮の顔〟であったともいえる。逆に、彼には不満なこの時代が彼をきたえ、次々とすばらしい仕事を生ませることにもなったのだが――。

彼のこの〝仮面の時代〟は、『金閣寺』まで続いている。しかしその後『鏡子の家』（昭和三十四年）で、彼は一つの転身を行なった。

この作品は文壇的にはさほど評価されなかったが、「焼け跡的戦後は終わった」ということを誠実に描いた点で、彼の代表作の一つといえると私は考えている。彼はこのなかで、戦後の終わりを正確に見つめ、日本にとってまた新しい時代が到来しつつあることを書いている。その意味では、〝転身〟というより、〝回帰〟という方が正しいかもしれない。

果たせるかな、『鏡子の家』の翌年は六〇年安保騒動が起き、戦後日本の新しい時代が訪れた。私はその後、米国に渡ったが、三十九年秋に帰国したときは、彼はもうすっかり別の人に変わっていた。作家の時代は終わり、行動への傾斜が急激に進んでいた。私はそんな彼の行動を、あれよあれよという思いでながめていた。

一口に作家、小説家といっても、さまざまなタイプの人がいるのは当然である。

三島氏は、心の深いところにある自分の確信を、何らかの行動に移さねば我慢できぬタイプであった。だから日本ナショナリズムの自由な発揚が許されなかった時代——焼け跡的戦後時代——が終わった以上、彼が作家であることを放棄し、行動家に向けてバク進したのは仕方のないことであったかもしれない。「美の極致としての日本」を謳い上げるためには、小説はもはや舌たらずな、たよりにならぬ表現手段にしかすぎなかったのである。

それにしても、「過激」なるものへの憧れは、今きわめて強い。この憧れの根源は「日本に対するイラ立ち」であると私は考えている。戦後二十五年、経済復興はめざましく、私たちの生活もずいぶんと豊かになった。しかし、ハタと気がついてみると、国際政治の舞台では日本の発言力は依然として弱く、対米関係も割り切れないものが多い。日本の国の運命を、自分たち日本人がしっかり握っているという実感がなかなかわかないのである。いったいどうしたのだ、日本はどうなるのだというイラ立ちである。

もとより国外に出て戦争を始めるというわけにはいかない。イラ立ちは必然的に、同胞のなかに敵を捜す行動に移る。「仲間のうちで悪いヤツは誰なのだ！」——その問いが、イラ立ちをまぎらせる逃げ道となる。

私たちは戦争中と戦後の極度の食糧欠乏に耐えてきた。占領軍がパンパンを小わきに町を闊歩する屈辱にも耐えてきた。しかし、目に見えぬこのイラ立ちには、耐えられないというのだろうか。

私は、現在の「日本人が日本の運命をしっかり握れぬ時代」はなお続くと考えている。待ちきれぬ人はまだ今後も形を変えて過激な行動に出ることだろう。待ちきれずに異常な行動に走るのは、一言でいえば「普通の日本人との連帯」を信じきれなくなった悲しい人たちである。

（談話）

（昭和四十五年十一月二十六日　日経新聞）

三島君の事

小林秀雄

「今度の三島さんの事件について、感想を聞かせて欲しいのです」

「困ったな。――困ったというのは、ただ私自身の勝手な気持だけを言うのではないのです」

「それはどういう意味でしょう」

「それはね。困った性質は、むしろ、事件そのもののうちに在るという意味だ。君はジャーナリストとして、僕に意見を求めている。無論、ジャーナリズムが到底見のがせぬ大事件だろうが、ジャーナリスティックには、どうしても扱う事の出来ない、何か大変孤独なものが、この事件の本質に在るのです」

「僕にもそれは感じられます」

「素直な状態でいれば、誰もそれを感じていると思うのですよ。だけど、余計な考えや言葉が、それを隠して了うのではないかと考える。テレヴィでニュースを見てましたらね、佐藤総理の顔が写って、とても正気とは思えないと言う。当然でしょう。政治家が政治的事件を見ているのですからね。すると、今度は林房雄さんの顔が出て来てね。沈んだ面持ちで、狂気ではない、何から何まで正気です、という意味の事を言うのだ。私は涙が出て来た。それが、私としては、今度の問題の一切です。何も文学的見方と言ったものなどありはしない。文学者は、なるたけ人間に近附いて見るという練習を知らないうちにやっているわけなんだ。ただそういう事です」

「けれども、三島さんは、意識して出来るだけ政治的に、ジャーナリスティックに行動しようとしたわけでしょう」

「ええ、自決する為にね。政治もジャーナリズムも、言わば、自決の為の手段という風に行動した。そこにはっきりした悲劇性が現れるわけでしょう。この悲劇性は、そのままを感ずる他はない。そしてこれを全的に感じようとすると、言葉を失って了うのだね。仕方がないではないか。感じる方は止めにして、いろいろと講釈をする人も多かろうが、それはまあそういう事で、大して興味も持てないな」

「三島さんの作品については、どういう意見をお持ちですか」

「だいぶ以前に『金閣寺』を読んで、その機会に、二人で対談をした事があります。非常な才能だと思った。それは何か異様なもの、魔的なものと感じて、それを言った事があります。自分とは気質の大変違った人だと思って、以後何となく作品を読まなくなり、最近の長篇も読んでいない始末だから、作品について考えを述べる資格がない。楯の会というような運動にしても、あまり関心は持てなかったし、人づてに聞いていた話だけでは、理解出来ない点が多かった。しかし、あの人の作品をよく読み、あの人と親しく交際していた人達にしても、こういう事になって、皆愕然としただろうと思うのです。人間を知るむつかしさを、今更のように痛感しました。人間の肝腎なところは謎だとはっきり言い切っていいのだね、きっと。三島さんは、反省的意識にかけては大家だっただろうが、あの人にとっても、自分自身が透明だった筈はないだろう。やはり運命と言ったような暗い力と一緒にいたのだよ。謹んで哀悼の意を表すという弔電用の文句があるな。ああいう全く形式的な決り文句は、どこの国語にもある。何故あるかというと、これはやはり、そういう空虚な文句を呪文のように唱える人が、その人自身の言葉にならぬ想いで、その内容を満たす為にあるのだ。更に言えば、それは死というものが謎である証拠でもある。

妙な話になって了ったが、こんな事を言い出したのも、実は、数日前、未知のある団体から電話があってね、三島氏の今度の事につき、有志のものが集って哀悼の意を表したいのだが、ついては発起人になって戴きたいと言うのだ。あなた方は、哀悼の意を表するのに発起人を必要とするのか、お断りします。そういう事があったのです。やはり、孤独な事件とはっきり感じて、こちらもこれを孤独で受取るという事は、極く当り前の事のようでいて、そうでもないのかな。例えば、右翼というような党派性は、あの人の精神には全く関係がないのに、事件がそういう言葉を誘う。事件が事故並みに物的に見られるから、これに冠せる言葉も物的に扱われるわけでしょう。事件を象徴的事件として感受し直知する事が易しくない事から来ている。いろいろと事件の講釈をするが、実は皆知らず識らずのうちに、事件を事故並みに、物的に扱っているという事があると思う。事件が、わが国の歴史とか伝統とかいう問題に深く関係している事は言うまでもないが、それにしたって、この事件の象徴性とは、この文学者の、自分だけが責任を背負い込んだ個性的な歴史経験の創り出したものだ。そうでなければ、どうして確かに他人であり、孤独でもある私を動かす力が、それに備っているだろうか」

（昭和四十六年一月　新潮臨時増刊　三島由紀夫読本）

『本居宣長』をめぐって

『古事記伝』の感動

江藤　今度刊行された『本居宣長』をお書きになり始めてから完成されるまで、十年ぐらいかかっているのでしょうか。

小林　十一年半ですって……。勝手にやってるうちに、そんな事になったんです。碁、将棋で、初めに手が見える、勘で、これだなと直ぐ思う、後は、それを確かめるために読む、読むのに時間がかかる、そういう事なんだそうだね。私も、そういう事をやっていたのだね。何しろ、こっちはまるで無学で、相手は大変な博学ですからね、ひらめきを確かめるのに、苦労したというところに、長くかかったという事の大半の原因がある。それに連載をつづけていなければ、息が切れてしまうという心配もあったし、要するに、わがまま勝手な書き方をしているうちに、ああなったのですよ。

江藤　私は「新潮」に連載中その都度全部拝見していたわけじゃありませんけれども、ときどき拝見していて、どういうふうに終わるのかなと思っていたんですが、十一年半とはずいぶん長い間、宣長をおやりになったものだなというのが、まず最初に浮んだ感想でした……。

小林　自分でも、そんなに経っているなんて、ちっとも思わなかった。

江藤　宣長をお書きになろうというお気持が動き出したのは、いつごろからだったのでしょうか。

小林　ぼくは『古事記伝』を読んだ後の感動が残っていて、何とかその感動をはっきりさせたいという気持があったんですね。それは戦争中の事です。

江藤　『古事記伝』をお読みになったのは、明治大学で教えておられたころお読みになったんでしょうか。それともご自分一人で……。

小林　自分一人で読んでいたんです。

江藤　そうすると、宣長の著作では最初に『古事記伝』をお読みになったのですね。

小林　そうです。『古事記』をしっかり読もうと思い、どうせ読むなら『古事記伝』でも読もうと思った。

江藤　それもやはり、勘のようなものですか。

小林　それは、勘ではない。

宣長の遺言書と孤独

江藤　私は、今度の『本居宣長』を拝見して、小林さんが楽しんで書いていらっしゃるといいますか、先ほどおっしゃったように、盤面を眺めながら次の手をどう打つかなと反芻していらっしゃる時間の充実感が、文章の行間に生きているように思いました。そういう点で、まだ小林さんのご著作に余り親しんでいない若い読者が読んでも、ごく気軽に入っていけるのではないかと思ったのです。

同時に、これはたとえが正しいかどうかわかりませんけれども、宣長をはじめとして、宣長を取り巻く人々、宣長という人がこの世に生れて、ああいう学問を始める因縁をつくった人々が出てまいりますね。それは契沖から、賀茂真淵にいたるいわゆる国学の学統のみならず、中江藤樹も荻生徂徠も堀景山も出てまいります。また論争相手には上田秋成のような人も登場します。彼らがある遠近法にしたがってこの思想のドラマの登場人物の役割を果しています。『本居宣長』を読み進むときの読者の体験は、ムソルグスキーの「展覧会の絵」を聴いているときの感じとどこか似通っているようにも思われます。小林さんの後をついて歩いていきますと、それまでは単なる名前でしかなかった登場人物たちが、宣長をはじめとしてそれぞれ肉声で語りはじめます。小林さんとご一緒に歩いたのでなかったら、とてもこれらの人々は肉声で語りかけてはくれなかっただろうなあ、という気持になるのですね。あっちへ行くと堀景山が「学者で学者臭のあるのはよくない」といっている。「おもしろいことを言う人だな」と、読者は当然耳を傾けます。こっちの角では契沖が、「光源氏というのはいやなやつだ」といっている。これはまた辛辣なことを言うなと立止ってみる。といったふうに、一巡してしまいます。この展覧会場には宣長のお墓から入るのですが、終章の最後で作者からもう一度お墓へお帰りよといわれて、ああそうか、入口が出口かと納得して終わる、というふうだったのが、ごく平たくいって私の場合の『本居宣長』の読書体験でした。

それは言葉が適当かどうかわかりませんけれども、私にとっては大変楽しい経験でした。大事な引用文は何度も繰り返して出てきますけれども、そういう繰り返しもちっとも気になりませんでした。なるほどこれはおもしろい書き方だな、やはり十年以上の歳月をかけて、三十何年も前から心にかけておられた宣長のことをじっくりとかみしめながらお書きになると、こういうものができるんだなと思いました。

私は同時に、この御本を読みながら何度か鷗外の『澀江抽斎』のことを想いました。澀江抽斎を書いたときの鷗外は、たしか五十五か六じゃなかったかと思います。小林さんのいまのお年に比べれば、ずっと若輩になるわけですが、澀江抽斎という儒医の伝を閲するに当って、鷗外は方法的にずいぶん新しい書き方をしています。それと一脈相通じるような新鮮なものを感じました。しかも鷗外とくらべて、今度の『本居宣長』は柔軟といいますか、融通無碍といいますか、はるかに自己中心的でないという感じがいたしました。

私は、「新潮」に連載され始めた第一回を特に印象深く覚えていたのですが、宣長がお墓を二つつくるように、と遺言する、あの発想がとてもおもしろかったですね。文中にもありますが、当時はああいう両墓制の例は多かったのでしょうか。

小林 今日、両墓制と言われているようですが、そういう当時の風習にあの人は従っただけのことなんです。けれどもそれに関し、ああいう遺言を書いたという事は、これはもう全く独特な事です。世界中にない事です。それがとてもおもしろい……。

江藤 宣長の葬儀のときには、やはり遺言のとおりにはいかなかったのでしょうね。

小林 それは幕府の奉行所から文句が出て、あのとおりにはいかなかった。空で行くというような奇怪な事でして、後で、どういう申しひらきが出来るかという事でね。

江藤 冠婚葬祭といいますが、葬いというものは、やはり人生の終わりの儀式ですから、あらゆる文化の中で葬儀とか葬礼というものは、その文化の表現として重要なものだと思います。たとえば『礼記』の中にも葬いのことは細かく規定されておりますが、お葬式というものは大変大切なものだと思います。

鷗外のことを考えますと、鷗外はもちろん東西両洋の文化のあいだで苦労した人ですが、亡くなるときには、「余ハ石見人森林太郎トシテ死セント欲ス、森林太郎墓ノホカ一字モ彫ルベカラズ」という有名な遺言を、賀古鶴所に残しています。これは普通個人として死のうという心構えを示したもの、と言われているようですが、それにひきかえて、宣長の遺言書は、時代的な背景から考えても、死に際しての心構えという点から言っても、独特というか、きわめて孤独という感じがします。しかし、ああいう葬式を宣長が求めたということは、当然宣長の学問の一番深いところにつながっているのでしょうね。

小林　そうですね。ぼくは宣長という人は大変孤独な人だと思うんですよ。勿論、今日言われている意味での孤独な人ではない。そこが面倒だが。——お葬式もそこへつながってくるのです。あれはあの人の思想のあらわれなんです。役人には、勿論、門人達にも、あの葬式の意味はわかっていなかった。

宣長の求めた道

小林　結局、あの人の学問は道の学問なんです。当時言われていた道の学問という意味は、形而上なるものは、これを道という、あの易《えき》の言葉の意味での道です。だから宣長の学問は宋学と同じものを目当てにしていた。これだけは、どうしようもない。そっくり、そのまま受取らざるを得ない。ところが、当今の宣長研究は、皆、近代科学の実証主義に強く影響された観点に、それと意識しないで立って行われて来た。言わば、形而上なるものに対する反感から出発していたと言っていい。これをどうにかしなければならぬ事には、早くから気付いていた。方法はたった一つしかなかった。出来るだけ、この人間の内部に入りこみ、入りこんだら外に出ない事なんだ。この学者の発想の中から、発想に添うて、その物の言い方を綿密に辿り直してみる事、それをやってみたのです。

江藤　私は、不勉強で『古事記伝』は全く読んだことがありませんが、宣長のものを、身近かな感じで読んだのは、アメリカの大学で日本文学の教師をしていた時でした。学部の学生は日本文学専攻の学生ばかりではなく、四年間を通じて一般教育みたいなものですから、英文学をやったり、中には物理学をやったりしているような学生が、日本文学専攻の学生にまじって聞きに来るのです。

もちろん、授業は英語でやらなければならないのですが、カリキュラムは、前の半年で幕末まで、後の後半で明治から現代までをやるという立て方になっていました。何といっても『源氏物語』は非常に大きな作品ですし、しかも、教師の立場から言えば好都合なことに、アーサー・ウェーリー[1]のユニークな名訳がありますので、学生に読ませることもできました。さて、そこで源氏をどうやろうかと考えているとき、これは『古事記』なら『古事記伝』で読もうと小林さんがお思いになったときの心境と、恐らく似ているのではないかと思うのですが、源氏ならとにかく『紫文要領』を読もうと思いました。幸い、設備のいい図書館があってちゃんと原典がありましたので、戦前に出た「本居宣長全集」を引っ張り出してきて、下宿の自分の勉強部屋で読み始めたのです。

そのとき今度の御本の中にも引用されている、「人のみかどの、ざえ、つくりやうかはれる、おなじやまとの国のことなれど、むかし、今のにかはるなるべし」に始まる有名な一節ですね、「螢」の巻の評釈のところ、あそこを読んでいまして、異様な感動を覚えた覚えがあります。そのことについては、二、三度書いたことがありますし、以前お話ししたこともあったように思います。

『本居宣長』の中でも繰り返して語られているように、漢字で苦しんできた日本人が、漸くかなという表音文字をつくり出して、まず女房文学というジャンルが生れ、やがて紫式部という女性がその世界に出現してああいう物語を残してくれた。その物語の本質を、宣長は、漢才《からざえ》に対比させられた物のあはれという言葉で説き明そうとしているのですが、さあこの物のあはれを私は自分の言葉で何といっていいのかわからない。いわんや、それを英語でどう説明していいか皆目見当がつきませんでした。したがって、学生には何が伝わったのか、いまでも自信がありませんけれども、そのとき自分の心の中に大きな動きが起ったということは間違いのないことで、それは、ある意味では私がアメリカで経験した、一番深い経験の一つだったともいえるような気がします。そのことを今度の御本を読みながら何度も思い出しました。

物のあはれという心の動きを認識することが、物のあはれを知るということだと書いていらっしゃいますけれども、なるほど、そうなんだなと、あのとき私は物のあはれを感じている自分を見ていたのかな、とあらためて感慨を催したりもいたしました。

宣長という人は、先達に多くを負っているにしても、あそこまで踏み込んでいって、『古事記伝』の世界を極め、ついには道の認識にまでいたるのですが、そのプロセスにあらわれている学び方の手続が、今度の御本の中ではさまざまなエピソードをまじえて語られています。それがまた非常に面白いですね。

小林　あの人はやはり源氏で悟ったんですね。それはしまいまで変わりませんね。

江藤　折口信夫氏に、『歌の円寂する時』というエッセイがありますね。これは八代集から後の末の世になった歌の姿を、折口先生一流の洞察で見ておられるものだったと記憶しますが、『本居宣長』では逆に、歌というものがどういうところから生れてくるかという宣長の着眼を指摘しておられるんですけれども、なるほどと、眼が覚めたように思いました。

学問をする喜び

江藤　もう一つ、これもやや自由な感想ですが、あの中には先ほど申し上げた通り、中江藤樹や伊藤仁斎や荻生徂徠などが登場して、江戸の学問が展開されていくさまが生き生きと描かれています。それにつけても反省してみると、日本人の学問の経験といいますか、まねびの喜びというものは結局、あの時期にきわまっていたのではないかという気がして来ました。あれに匹敵するようなまねびというか、学問探求の楽しみや喜びを、明治以来何年間果してわれわれは経験し得たのかと考えてみると、きわめて懐疑的になります。藤樹も仁斎も徂徠も、真淵も宣長も非常に豊かで、しかも、喜びに満ちていたという事実を振り返ると、大きく見れば明治以来、もう少し細かく言えば最近三十数年の学問というものは、いったいどういうことになっちゃっているんだろうと思わざるを得ません。

小林　学問をする喜びがなくなったのですね。宣長の源氏論以上の源氏論が現れないという事は、あそこに在る源氏を論ずる喜びがもうなくなってしまったという事なのだな。宣長にとって学問をする喜びとは、形而上なるものが、わが物になる喜びだったに違いないのだから。

江藤　そうでしょうね。

小林　学問が調べることになっちまったんですよ。

江藤　調べるために調べるという同義語反復におちいってしまった……。

小林　道というものが学問の邪魔をするという偏見、それがだんだん深くなったんですね、どういうわけだか。

江藤　つまり、小林さんのおっしゃる道というものは、発見を続けていって、その果てに見えはじめるというようなものだろうと思いますが……。

小林　そうなんですね。

江藤　ところが、いまは逆に道の代用品にイデオロギーというような旗印を最初に掲げておいて、その正しさを証明していくという考え方が流行しているように思われます。

私はさっきも申しあげたように、『本居宣長』を読みながら、しばしば鷗外の『澀江抽斎』を思い出したのですが、鷗外がなぜ澀江抽斎というような、ほとんど世間に知られていない考証家に惹かれたのかということを考えてみますと、一言では言いにくいのですけれども、結局鷗外が自分の六十年近い生涯を振り返ったとき、本当の学問をしていたのは抽斎のほうで、自分ではなかったという痛恨を禁じ得なかったからではないか、と思うようになりました。自分は、努力を重ねて大変がんばったけれども、それにもかかわらず喜びは稀薄であった、それにひきかえ抽斎よ、君は幸福であったなあ、という嘆声が聞えて来るような気がしたのです。

鷗外ほどの巨人でもそうだったとすれば、われわれの嘆声はいうまでもないことです。明治末期、大正初年から、すでに学ぶ喜びが欠落しはじめたということになると、日本人の身についた本当の学問というものは、荒涼とした戦国の余塵を受けながら、中江藤樹のような人が学問に志したときから宣長の出現に至るまでの、たかだか百五十年ほどの間にできあがったということになるのだろうか、その学問こそわれわれがいつもそこへ還っていかなければならない本物の学問なのだろうか、という切実な感想を抱きました。

漢《から》ごころについて

江藤　しかし、宣長の目には、ひょっとすると今とあまり変りのない景色が見えていたのかも知れませんね。いまから振り返れば、宣長の生きていた時代、あるいは彼の先達たちが切り拓いてきた時代は、慕わしい黄金時代のように思われますが、宣長があそこまで徹底して孤独な歩みを進めたのは、やはり宣長自身の中に、当時の雰囲気に対する非常に強い否定の気持があったからに違いないとも考えられるのですが。

小林　あったんですね。それが一番の眼目だ。思想家としてのあの人は漢《から》ごころということをしきりに言う。本当にくどいほど言っています。あのくどさというものに眼を付けなければいけないんです。漢ごころという観念の説明、分析は、あの人には、うまく出来なかった。説けていない。その説きにくい意味合が、表現のくどさによく現れている、そこが大事なのだ。だから、私には大変たくさんの引用が必要になったんです。宣長さんの学問は、引用して、その物の言い方を読んでもらわないとわからないものでできているんですよ。また、その事を彼自身、よく知っていたのですよ。

　本を出してもらったが、若い読者がどこまで面倒な引用を読んでくれるか心配だな。引用を読んでもらえなければ、私の方は何も変った説を書いているわけではないんだから、何にもならない。訓詁ということが昔の言葉にあるけれども、いまの学問は訓詁から全然遠ざかって、こちら側からの新解釈を求めるのに急になった。それから見ると私のは、宣長の文章の訓詁の仕事なんですよ。

　宣長の説いている漢ごころというものは、学問をしたとかしないとかということと関係ないものなんです。文字も知らぬ人にも漢ごころはあるし、漢ごころなど少しも持っていないと主張する人にも、これはあると言う。

漢ごころの根は深い。何にでも分別が先きに立つ。理屈が通れば、それで片をつける。それで安心して、具体的な物を、くりかえし見なくなる。そういう心の傾向は、非常に深く隠れているという事が、宣長は言いたいのです。そこを突破しないと、本当の学問の道は開けて来ない。

それがあの人の確信だったのです。その自己証明が『古事記伝』という仕事になった。従って、彼が国学という言葉を、ひどく嫌ったのも、国粋主義に結びついた反語的表現と解すべきではない。もっとまともに学問の本来の面目を取り戻そうとした彼の発想から出たものとする方がよい。あの人は日本に還ったんじゃない。学問に還ったのだ。漢ごころ、大和ごころについては、くわしく書いたから、もう言う事もないのです。

江藤　今度の御本を拝見して、初めて得心がいったのは、いまおっしゃった点ですね。つまり、証拠主義でもなければ、排外主義でもない。漢ごころを斥けるというのは何も反中国ということでも何でもなくて、文字を操るようになった人間の中に宿命的に生じる認識のねじれといいますか、そういうことでしょうね。

小林　そうなんです。

上田秋成との論争

江藤　そういうふうに考えると、宣長と上田秋成の論争もよくわかります。全然次元の違うところで主張しあっている。そもそも話が行き違っているんだなということが、今度初めてよくわかりました。

小林　私が書いたのは、上田秋成論ではないんです。宣長と秋成とは、まるで気質が違うし、育ちも違った人です。秋成は一種の文人で、学者じゃない。

江藤　ソフィストのような人ですね。

小林　まあ、そういう人です。放蕩無頼な生活から出発して、中年過ぎてから、国学に趣味を持った人です。まるで違った人です。

恐らくお互いに思想の上での関心はなかったんじゃありませんか。たとえば宣長は『雨月物語』を読んでいたか、秋成は『紫文要領』を読んでいたか、これは全く疑問ですね。そういうこととは別に、二人の有名な論争が、宣長の考えを照し出す結果となったという処に、私は着目した。それがおもしろいので、書いたんでして、秋成を論じたのではない。

江藤　その通りだと思います。十年ほど前、私は「文學界」に『文学史に関するノート』というのを連載していましたが、そのころあるところで対談の機会があったとき、小林さんは宣長・秋成論争に触れられて秋成を批判されたように記憶しています。実はそのときには、その批判がよくわからなかったのです。

それから、六年ほど前、「諸君!」で小林さんと対談させていただいたときにも、小林さんは宣長と上田秋成のことを話題にされました。そのときも、私は納得がいかなかったのです。なぜ、日本を相対化している秋成がだめで、宣長の言っていることが正しいということになるのか。私はこの論争が嚙み合っている論争だとばかり思い込んでいたものですから、秋成の言うことにも一分の理はあるのではないかと考えていたのです。

ところが、今度御本を拝見して、はじめてなるほどと得心がいきました。この間に、私が多少年を取ったおかげもあると思いますけれども、なによりもまず小林さんが『本居宣長』で、あの論争を大変見事に描写し尽しておられるので[2]、なるほどこういうことだったのか、それならよくわかるぞ、と納得できたのだろうと思います。その点で、今度のお仕事が積年の疑問を氷解させてくれたことに感謝しております。宣長は宣長で自分の信念を語っているし、秋成はソフィストとして、詩人として、怪力乱神を信ずる者として、いろいろ機智に富んだことを言っている。

その違いが生き生きと描写されているのが、なによりも有難いと思いました。
小林　あの論争は、批評家にとっては好都合な論争なんです。それを私は利用したわけです。どうもああいうものを利用しないとなかなかわからぬ思想の上での機微がありますね。

賀茂真淵との師弟関係

小林　知識というものにも、その機微というものはある。いまの学問は割り切れるところだけで学問をしているから、学問の喜びというものも生れない。情《こころ》が脱落しているからね。
江藤　こころあまりて、言葉足らざるところ、という紀貫之の『古今集仮名序』の、あのい、い、こころですか。
小林　情《こころ》を欠くのは、人間を欠く事だからな。
江藤　いまの世の中に学び、ものを書いている人間のあいだにも、業績の点では宣長や真淵、徂徠に及びもつかず、この人たちのように継続的に喜びを得ているとはいえないにせよ、やはり学ぶことの喜びを感じる瞬間を大切にしている人々はあると思います。それがなければ、われわれはそもそも何ものを書きはじめなかったろうと思います。
小林　それはどこにでもあるものなんです。ただ、そういうものが表に出ないということがあるでしょう。内から生れる喜びよりも、他に比べての優越感というものの方が、学問界をリードするんですね。

江藤　あの松坂の一夜の出逢いで、真淵に入門した宣長が、やがて真淵の学説を否定するような質問状を次々と書き送っておりますね。あまりの執拗さに真淵はついに腹を立て、自分に訊くこと自体意味をなさないような、こんなくだらない質問はやめなさい、と宣長を叱ったと書いておられますね。

これに対して宣長は、今度は擬古文で丁重な手紙を書き、自分の複雑な気持を説明します。それを読んだ真淵は納得して、両者の間の師弟の縁は切れずに続いて行きます。これは、大変含蓄の深いエピソードだと思います。宣長があんなに激しい論戦をいどみつづけて、あれほどまでのことを真淵に言ったということははじめて知りましたので、そのことにも感銘を受けましたが、それ以上に、それにもかかわらず師弟の縁が切れなかったというところが大切だと思ったのです。

二人は決して妥協したわけではありません。研究者としての人格をぶつけ合いながら進んで行った。しかも宣長は県居大人《あがたいのうし》への敬意を終生失わず、真淵も宣長をいつも大切な弟子と考えていた。

どうしてこういう師弟関係が続いたのだろうかと考えてみますと、これは二人が喜びをともにしていたからと考えるほかないように思います。さきほど道とおっしゃいましたけれども、道といえば、道に推参している喜びをともにしていて、その喜びを、お互いに認め合っているからこういうことができたのですね。それがなければ、後は優越感の競争になって、不毛な軽侮の交換しか起らないはずですからね。

小林 そうです。二人ともえらかったが、あの時代の学問的雰囲気が、いまの雰囲気とはまるで違うということがあった。

これは、なかなか解らせにくい事です。

江藤 さきほどの真淵と宣長の間柄に戻りますが、真淵が宣長に、とかく人間というのは始めから高望みしがちであるが、最初から、高いところをやりたがってはいけない。低いところから始めていかなければいけない、と諭しますね。それを受けてまた宣長が――小林さんの御本では――真淵も驚いたろうと思われるほど、低いところから古代の研究を始めますね。

つまり宣長は、既成の学問の枠の中に閉じ込められていた言葉を、日常生活の言語感覚の中に解放するという道を歩みはじめます。これはまことに重要なことだったと思います。

肉声に宿る言霊

江藤　結局、宣長の場合、学問は、言語論につきる。われわれ人間の認識は、通常言語を通じてしかおこなわれないと考えられますから、言語論は当然認識論になってくる。したがって、その究極は道ということになる。言語を通じて認識するというふうに言うとき、われわれは通常、一つの言葉があれば、それに対応するものがあるという前提にとらわれています。

ところが、物のあはれという言葉になにが対応するかといわれれば、これはいわく言いがたいことになります。そこから形而上学が始まるのだと思うのです。つまり人間が言葉でものを考え、ものを感じ、ものを表現せざるを得ないということは、とりもなおさず人間の生の中に当然形而上学が含まれているということになりますね。われわれがそれに気がついているか、いないかは別問題として。そこを宣長は、宣長一流の努力と方法の研鑽によって突き詰めていこうとした。

これは、私の解釈ですが、結局、宣長が『源氏物語』の中に分け入って、歌物語という歌の発生基盤を見きわめ、さらに『古事記伝』に移って行く過程で、彼の言語論はいちじるしく深化したと思います。特に『古事記』の序についての宣長の解釈、稗田阿礼という人物をどう考えるかというところに、彼の到達した言語論の鍵があるように思います。これについては、柳田國男氏や折口信夫氏の説なども引用されながら、小林さんも指摘していらっしゃいますが、結局、漢才を排して言葉の純粋状態を見きわめようとしたとき、宣長は発音されている言葉、肉声、それこそが言葉だという簡明な事実に、確信を持ったと考えてはいけないでしょうか、そういう受け取り方は間違いでしょうか。

小林　それでいいんです。あの人の言語学は言霊学なんですね。言霊は、先ず何をおいても肉声に宿る。肉声だけで足りた時期というものが何万年あったか、その間に言語文化というものは完成されていた。それをみんなが忘れていることに、あの人は初めて気づいた。これに、はっきり気づいてみれば、何千年の文字の文化など、人々が思い上っているほど大したものではない。そういうわけなんです。

宣長とベルグソンの本質的類似

小林　話が少々外れるが、私は若いころから、ベルグソンの影響を大変受けて来た。大体言葉というものの問題に初めて目を開かれたのもベルグソンなのです。それから後、いろいろな言語に関する本は読みましたけれども、最初はベルグソンだったのです。あの人の『物質と記憶』という著作は、あの人の本で一番大事で、一番読まれていない本だと言っていいが、その序文の中で、こういう事が言われている。自分の説くところは、徹底した二元論である。実在論も観念論も学問としては行き過ぎだ、と自分は思う。その点では、自分の哲学は常識の立場に立つと言っていい。常識は、実在論にも観念的にも偏しない、中間の道を歩いている。常識人は、哲学者の論争など知りはしない。観念論や実在論が、存在と現象とを分離する以前の事物を見ているのだ。常識にとっては、対象は対象自体で存在し、而も私達に見えるがままの生き生きとした姿を自身備えている。これは「image《イマージュ》」だが、それ自体で存在するイマージュだとベルグソンは言うのです。この常識人の見方は哲学的にも全く正しいと自分は考えるのだが、哲学者が存在と現象とを分離してしまって以来、この正しさを知識人に説く事が非常に難かしい事になった。この困難を避けなかったところに自分の哲学の難解が現れて来る。また世人の誤解も生ずる事になる、と彼は言うのです。

　ところで、この「イマージュ」という言葉を「映像」と現代語に訳しても、どうもしっくりしないのだな。宣長も使っている「かたち」という古い言葉の方が、余程しっくりとするのだな。

『古事記伝』になると、訳はもっと正確になります。性質情状と書いて、「アルカタチ」とかなを振ってある。「物」に「性質情状《アルカタチ》」です。これが「イマージュ」の正訳です。大分前に、ははァ、これだと思った事がある。ベルグソンは、「イマージュ」という言葉で、主観的でもなければ、客観的でもない純粋直接な知覚経験を考えていたのです。更にこの知覚の拡大とか深化とか言っていいものが、現実に行われている事を、芸術家の表現の上に見ていた。宣長が見た神話の世界も、まさしくそういう「かたち」の知覚の、今日の人々には思いも及ばぬほど深化された体験だったのだ。

この純粋な知覚経験の上に払われた、無私な、芸術家によって行われる努力を、宣長は神話の世界に見ていた。私はそう思った。『古事記伝』には、ベルグソンが行った哲学の革新を思わせるものがあるのですよ。私達を取りかこんでいる物のあるがままの「かたち」を、どこまでも追うという学問の道、ベルグソンの所謂「イマージュ」と一体となる「ヴィジョン」を摑む道は開けているのだ。たとえ、それがどんなに説き難いものであってもだ。これは私の単なる思い付きではない。哲学が芸術家の仕事に深く関係せざるを得ないというところで、『古事記伝』と、ベルグソンの哲学の革新との間には本質的なアナロジーがあるのを、私は悟った。宣長の神代の物語の注解は哲学であって、神話学ではない。神話学というのは——

江藤　分析と類推ですからね。

小林　私には、あまりおもしろいものではない。

江藤　宣長は『古事記』を、稗田阿礼が物語るという形で、思い描いているのですね。『古事記』を読んでいる宣長の耳には、物語っている阿礼の声が現に聞えている。

同じように、宣長が『源氏物語』を愛読したというのは、実は、一人の古女房があらわれて、いずれの御時にか、といって物語りはじめる。平安時代の女房言葉で、源氏の君の話をする、紫の上の話をする、六条御息所の話をする。それを宣長が繰り返して聞いた、ということですね。目で文字を見ているのですが、実は声を聞いている。そして初めて納得がいくという境地なのでしょう。その声の聞えてくるところまでの努力は並大抵のものではなかったろうと思います。

通常学問があるというと、文字を知っていることだと理解されています。同じように、われわれは言葉というと文字であり、文章のことだと考えがちですが、実は言葉とはなによりもまず声のことなのですね。自分の経験から気がついたことですが、放送というような毎日声で勝負しているような世界でさえ、言葉とは文字だという考え方にとらわれていて、却って表現を貧しくしているという傾向があるようです。

意識に頼りすぎる現代人

小林 現代人は意識出来るものに頼りすぎている。意識は氷山の一角に過ぎないなんて生意気な事を言いながらね。私はいつもこれをおかしな事だと思っている。よく書いた事もある。

江藤 氷山の一角を対応させたところだけでやろうとする……。

小林 それが、いまの教育の根本的な誤りじゃないですかね。要するに意識に頼り過ぎている事、意識にのぼるものだけが知恵だと思いこんでいる事。宣長は、これを、文字に預けて、生きた言霊の働きを殺すという言い方をしているが、本能と呼ばれている本質的な知識を、動物の世界に追い込んで、平気でいる。子供は三つぐらいになると、言語の働きにおいて完成します。という事は、この世の中が、根本的には、みんなわかっちゃっているということなんです。世の中が、「イマージュ」で、「かたち」で出来ているなら、そういう「かたち」の感受と表現の中で、大変な芸当をしちまっているということなんですよ。その上、何を教えようというのか、と宣長は言うのです。それを忘れ、それから先が教育だと自惚れている。日本語の構造に関する生きた知識は、三歳の子供において完成している、と言うのは、外から、これに、何か附け加える事は出来ないという意味だ。出来るのは、これを育て上げる事だけだ。これが教育の変らぬ原理だな。

江藤　最近漸く日本でも注目されはじめたようですが、アメリカにエリック・エリクソンという精神病理学者がいます。この人が『幼年期と社会』という主著で言っていることも同じようなことで、三つ子の魂百までも、といいますが、人間の人格の核はやはり三歳ぐらいまでのあいだに決ってしまう、といっています。なによりも、幸福感、思いやり、というような情緒の核が出来上ってしまう、といっていたように記憶します。それからあとは知性の力で伸びて行くのでしょうが、自分の育ってきた過程を振り返ってみても、なるほど、そうだなと思うことが多いですね。むしろ二十《はたち》のころ、三十のころはそれほどはっきりわからなかったのですが、四十代も半ばになって、かえって、そう感じることが多くなってきました。

小林　あなた、幾つ？

江藤　四十四です。別に幼時をなつかしむというのではありませんが、自分の中にある核のようなものを意識する頻度が近頃やや多くなってきたような気がします。

　ところで江戸時代の擬古文や和文も声だと思って聴いて行けば、ちっともこわくないものだというのが、私の印象でしたね。

小林　そうですか、色々な引用文も読んでもらえますかね。

江藤　いまの学生諸君もきっと読むし、理解すると思います。それは彼らにとってはむしろ意外なことかも知れませんが、引用文は思いがけもしなかったほどよくわかると思います。そんなぐあいにわかるんです。それが、言葉、国語というものを、長い年月をかけてみんなが累積し、その累積の中にだれもがいるということじゃないでしょうか。

小林　そういう事だね。君の言う累積の中に私達はいる。意識出来ぬ記憶の方が私達は忘れがちです。

（昭和五十二年十二月）

注

＊「『本居宣長』をめぐって」　小林の「本居宣長」は「新潮」に長期連載されたライフワークである。昭和四十年（一九六五）六月号から五十一年（一九七六）十二月号まで六十四回にわたって書かれた。連載終了後一年をかけて推敲、約三分の二に圧縮され、昭和五十二年十月に新潮社から刊行された。本対談は出版にあたり、「新潮」同年十二月号に掲載された。刊行に際して小林が行なった唯一の対談である。企画と人選は「新潮」編集長の坂本忠雄だった。

（1）アーサー・ウェーリー　江藤宛ての小林の葉書がある。文面は短い。「ウェリイの源氏有難

うございました　いろいろ取りまぎれ御礼遅れて失敬しました」（「新潮45」平28・1）。日付は昭和四十一年（一九六六）一月七日である。小林の「本居宣長」連載は第十一回（「新潮」昭41・10）までは順調に進んだが、その後、半年間休載となった。その間に小林は「源氏物語」を原文で五回読んだという（草柳大蔵「最後の神様・小林秀雄」「文藝春秋」昭47・1）。谷崎潤一郎訳源氏も愛読しているので、名訳の誉れ高いウェーリーの英訳も参照にしたのだろう。『本居宣長』は周知のように、折口信夫の「小林さん、本居さんはね、やはり源氏ですよ、では、さよなら」という謎の言葉から始まっている。折口の謎かけに答えるためにも半年間の休載は必要不可欠だった。なお、折口のその言葉がいつ発せられたかは確定されていない。『本居宣長』単行本の担当編集者だった池田雅延は昭和二十六年（一九五一）年説であり（「小林秀雄「本居宣長」全景」第四回。折口の弟子・岡野弘彦の証言に基づいている）、小林の秘書役だった郡司勝義は昭和十四年（一九三九）の春説である（『小林秀雄の思ひ出』。こちらは創元社の秋山孝男の証言に基づいている）。

（2）**論争を大変見事に描写し尽しておられるので**　本居宣長と上田秋成の論争については対話のたびに小林が必ず言及してきた主題だった。小林は『本居宣長』では四十章から四十四章、また四十九章等でと執拗に語っている。

小林秀雄氏の『本居宣長』

江藤　淳

もう先月末のことになるが、小林秀雄氏が十一年余の歳月をかけて完成した大冊『本居宣長』(新潮社刊)が刊行された。

これは菊判六〇七ページのどっしりした書物で、見返しには桜花を描いた奥村土牛氏の美しい装画が用いられ、口絵には有名な宣長六十一歳のみぎりの自画自賛像が掲げられている。

「筆のついでに」として、

志き嶋のやま登ごころを人とはば朝日ににほふ山佐久ら花

という、あの歌が賛に入っているよく知られた自画像である。

ところで、私は、実は『本居宣長』がこのように立派な本になる前に、校正刷りでこの作品を通読する機会をあたえられた。「新潮」十二月号に掲載されている「『本居宣長』をめぐって」という対談を、小林氏とする予定になっていたためである。

十月はじめに行われるはずだったこの対談は、大学の秋休みを利用して私が一寸した手術を受けることになったために、十日ほど遅れておこなわれた。あの忘れがたい一夜のことを、私はこれからさきもしばしば思い出すにちがいない。

退院して一週間目ほどの時期だったので、私はまだ勤めの帰りに医者に寄らなければならなかった。ところが運悪く道路が混雑していて、いったん帰宅して身なりを整えてから対談の場所に赴いたときには、すでに約束の時間を数分過ぎていた。席に通されて、まだ小林氏が到着していないことを知り、ほっとする間もなく廊下に足音がして、氏は無造作に座敷にはいって来た。

なんという温和な顔になられたのだろう、というのが、そのときの私の最初の印象であった。三十年前、中学生だった私は、鎌倉の大通りを行く四十代の小林氏の鋼のような後ろ姿を、畏敬の念にみちて遠く眺めていた。十六年前、『小林秀雄』を書き上げて本にした私は、緊張してはじめて言葉を交わすこの大先輩の前にかしこまっていた。『小林秀雄』を書いているあいだ、書き上げるまでは小林氏に会うまいと、私は堅く心に決めていたのである。

それから今までのあいだに、私はそうしばしば小林氏の謦咳に接する機会に恵まれたわけではない。しかし、それ以前と比べればもちろん、六年前に「諸君！」で対談したときと比べてもなお、小林氏は、はるかに豊かに老いているように見えた。

老いというものが、いったいなんであるのか、四十代半ばの私にはまだよくわかりかねるところが多い。しかし、最近私は、それが単なる生理の結果ではなくて、一つの文化の表現だと思うようになりはじめた。換言すれば、老いを文化の表現としようとする意志を欠いた老年を老醜といい、その意志の稔った老年を豊かな老年というのである。

以前、この場所で紹介したことがあるが、ケネス・クラークのリーズ・レクチャー「老年について」は、老いの本質について深い示唆をあたえてくれる講演である。そのなかでクラークが、恐るべき率直さで述べているように、老いとはそのままでは叡智に充ちた自足した時間の連続ではなくて、耐えがたく空虚な、物狂おしい年代であるにちがいない。

しかし老人は、もし文化への信頼を持ちつづけているならば、老いのなかに潜むあの耐えがたく空虚で、物狂おしいなにものかを、決して露出してはならない。それは自分のためではなくて、後世のためである。老いを叡智と自足の象徴と信じて来た人類の文化のために、老人は豊かに、温和に老いなければならない。

このようなことを考えるのも、近頃はあまりに老醜が眼につきすぎるためかも知れない。戦争と敗戦を経て戦後の空疎な時間を過ごすうちに、かつて老人たちに文化への責任感を感じさせていたなにかがガクリと折れ、自然状態が露出して、その結果ほしいままな老醜がいたるところにはみ出しているのかも知れない。

だが、これを他人事といってはいられない。二十年後、三十年後には、われわれもまたああなってしまわないという保証はどこにもないからである。そういう索莫とした想いにとり憑かれがちな昨今、小林氏の『本居宣長』を読み、老いの叡智と自足を体現している現在の氏と対談することができたのは、私にとってこの上ない励ましであった。

『本居宣長』を校正刷りで通読しているとき、気がついてはっと思ったことがあった。それは、「……そしてこれが、彼の『源氏』の深読みと不離の関係にある事を、読者は、ほぼ納得されたと思ふが、……」（傍点引用者）とか、「……賢明なる読者には、余談にかけた、私の下心は既に推察して貰へたと思ふが、……」（同前）というように、「読者」がしばしば本文のなかに登場するという特徴である。

小林氏はこれまで、これほど寛大に「読者」をその世界のなかに許容したことはなかった。氏はいままで、脇目もふらずにどんどん歩みを運び、遅ればせにあえぎながらついて来る読者に、これほどしばしば温かい視線を投げたことはなかった。

そのことに気がついたとき、私は感動せざるを得なかった。そして、その感動は、対談で小林氏がさらにこういうのを聴いて、更に倍加された。

《……本を出してもらったが、若い読者がどこまで面倒な引用を読んでくれるか心配だな。

引用を読んでもらえなければ、私の方は何も変わった説を書いているわけではないんだから、何にもならない。訓詁ということが昔の言葉にあるけれども、いまの学問は訓詁から全然遠ざかって、こちら側からの新解釈を求めるのに急になった。それから見ると私のは、宣長の文章の訓詁の仕事なんですよ》

このように小林氏がいうのは、氏に伝えようという確乎とした自覚があるからに違いない。宣長を後世に伝えたい。宣長は言葉というものをこう考え、学問というものをこう考えていたということを、あとから来る者に伝えたいという覚悟があって、それが小林氏にこういわせているにちがいない。

それはいうまでもなく、『本居宣長』において、小林氏が自分を超える言葉というものに対して、ある確信を抱くにいたったからにほかならないと思われる。それはまた、《現代人は意識できるものに頼りすぎている。……意識にのぼるものだけが知恵だと思いこんでいる事。宣長は、これを、文字に預けて、生きた言霊の働きを殺すという言い方をしているが、本能と呼ばれている本質的な知識を、動物の世界に追い込んで、平気でいる》

という言葉と、おそらく正確に表裏一体なのである。

それにしても、かつての大意識家がこのようにいうのを聴くのは、一種名状しがたい深い経験である。しかし、ここで一つ、私が証言しておかなければならないことがある。それは、このようにいう小林氏の肉声が若々しく、以前と少しも変わらない張りのある声だったということである。

（昭和五十二年十二月　毎日新聞）

II

第九回新潮社文学賞選後感——江藤淳「小林秀雄」

小林秀雄

批評というものが、新しく何かを創り出そうとする動機のうちにある、少くともそういう時勢に生活を強いられているとは、いつも私が考えていたところであるから、江藤氏の批評的作品が、私自身を素材としているという事を特に考えようとは思わない。江藤氏自身のヴィジョンは延び延びとしている。私は、自分のヴィジョンが延ばせない否定的な批評を全く無意味と考えているから、こういう批評的作品をよいと思う。

（昭和三十八年一月　新潮）

江藤淳「漱石とその時代」

小林秀雄

江藤淳氏の漱石研究は久しい事だが、今度、又、伝記の形式で大部のものを書くと言う。その第一部第二部を読んだが、大変面白かった。言ってみれば、研究者が育てば、研究対象も、それにつれて育つというような緊密な関係が、評家と漱石との間に結ばれているのが、その筆致の伸びによって感じられたからである。もう一つ。漱石を、その時代と対決する人物として描き出そうとする江藤氏の方法は、潤色を嫌う点で歴史家のものだが、どんな史観からも自由である点では、やはり文学者のものだ。史観など無用有害な潤色に過ぎない。一切は、漱石の作品という一等史料がどこまで味読出来るか、という己れの力量にかかっている、この評家はそう言っているように思われた。

（昭和四十五年八月「漱石とその時代」第二部カバー）

言葉と小林秀雄

江藤　淳

1

去る三月八日、小林秀雄氏の葬儀のはじまる一時間ほど前のことである。司会役に指名されていた私は、式場の様子をあらかじめ見ておこうと思って、まだ会葬者の一人も集っていないガランとした青山葬儀所のなかにはいって行った。

すると、そこに小林氏がいて、微笑んでいた。

「なんだい、君、どうしたっていうの？　いったいこれから、誰の葬式をやろうっていうんだい」

と、その小林氏はいっているように思われた。

「誰のって、小林さん、あなたのですよ」

と、私はとっさに声に出さずにいった。

「ああ、そうかいそうかい。それじゃァ仕方ない。よろしく頼んだよ」

という小林氏の言葉が、よく晴れた日の寒風に乗って、私の耳に届いた。

もちろん、それは、一面の菜の花に飾られた祭壇の上の、遺影のなかにいる小林氏であった。しかし、スポーツシャツの上にスウェーターを着て、どこかおばあさんに見えぬこともない穏やかな表情を浮べ、少し首を傾けてこちらを見ているその小林氏は、式場のなかで葬儀の準備のために立ち働いている出版社各社の人々と、少しも変らぬ存在感を感じさせたのである。

「こんな顔になっていたのだな、小林さんは」

と、そのとき私は思った。最後に小林氏と話したのが、昭和五十四年七月十四日の土曜日であったことを、私は旧い手帖を見て確認していた。その年の秋、私は米国に行き、一年後に帰って来たが、小林氏に逢う機会はそれ以後一度もなかった。しかし、遺影は、そんな私の淋しさや物足りなさを、一挙に充たすような温顔で、私に微笑みかけていた。

三月一日の未明、小林氏の訃を聞いて間もなく、ある新聞社から談話を求める電話が掛って来た。こんな場合に、故人の人と業績を要領よくまとめて話すというような芸当が、私に出来るはずがない。〝故人〟というが、この〝故人〟という言葉すら、私には何を指しているのかよくわからない。それはいったい、小林氏がもうこの世にはいない、ということなのか。もうこの世にいない小林氏、ということなのか。

親しい人が世を去ったとき、人はその人がすでにこの世にいないという状態に馴れるために、ほとんど煩瑣なまでの手続きと時間の経過を要するものなのだ。何時何分に息を引き取られました、さあ話して下さい、と催促されても、それでは、と都合よく言葉が出て来るわけがない。こんな要求は、そもそも人間の性情に反する要求ではないか。そんな要求に、どうして応じる必要があるというのだろうか。

そのとき私は、たったこれほども筋道を立てて考えたわけではない。そうではなかったが、とにかく談話は謝絶することにした。そして、以後いくら電話が鳴っても、二度と受話器を取り上げなかった。私はその夜、書庫から取り出して来た小林氏の最後の著書、『本居宣長補記』の頁を開き、最初から活字を追いはじめた。それは昨年の春、小林氏から贈られた本であった。

すると、読み進むうちに、活字の行間からにわかに小林氏の声が聴えはじめた。やがて活字は消え、文章は小林氏の肉声に変った。私は一心に耳を澄ませた。これだけは言い残して置かなければならないという小林氏の言葉が、次々と私の耳朶を打った。それは、たとえばこのような言葉であった。

《……宣長の考へも亦、文字の効能を頼みにし過ぎる物識り達に抗するところから発想されてゐる。――「古へより文字を用ひなれたる、今の世の心をもて見る時は、言伝《コトヅタ》へのみならんには、万の事おぼつかなかるべければ、文字の方はるかにまさるべしと、誰も思ふべけれ共、上古言伝へのみなりし代の心に立かへりて見れば、其世には、文字なしとて事たらざることはなし。これは文字のみならず、万の器も何も、古へには無《ナ》かりし物の、世々を経《フ》るまゝに、新《アラタ》に出来つゝ、次第に事の便よきやうになりゆくめる、その新しく出来始めたる物も、年を経《ヘ》て用ひなれての心には、此物なかりけん昔は、さこそ不便《フベン》なりつらめと思へ共、無かりし昔も、さらに事は欠《カケ》ざりし也。（中略）文字は不朽の物なれば、一たび記し置つる事は、いく千年を経ても、そのまゝに遺《ノコ》るは文字の徳也。然れ共文字なき世は、文字無き世の心なる故に、言伝へとても、文字ある世の言伝へとは大に異にして、うきたることとさらになし。今の世とても、文字知れる人は、万の事を文字に預くる故に、空にはえ覚え居らぬ事をも、文字しらぬ人は、返りてよく覚え居るにてさとるべし。殊に皇国は、言霊《コトダマ》の助くる国、言霊《コトダマ》の幸《サキ》はふ国と古語にもいひて、実に言語の妙なること、万国にすぐれたるをや」（くず花）

以上の文を、ソクラテスの言ふところと注意して比べてみると、二人の考への中心部は、しつくり重なり合つてゐるのが見えて来るだらう。双方の物の言ひ方は、言はば同心円を描きつゝ動いてゐる。宣長は、「中古迄、中々に文字といふ物のさかしらなくして、妙なる言霊の伝へなりし徳」を想つたのだが、その点、ソクラテスも同様であつた。ひたすら知を愛し求めるといふ、彼の哲学者としての自覚からすると、出来るだけ率直に、心を開いて人々と語るのが、真知を得る最善の道であつた。周知のやうに、彼は、生涯、一行も書かなかつたのである。彼の考へによれば、書かれた言葉は、絵にでも描いたやうに、いつも同じ顔を、どんな人の前にでも、芸もなく曝してゐるだけのもので、語るべき人には語り、黙すべき人には口をつぐむといふ自在な術を、自ら身につけてゐる話し言葉とは、まるで異つたものだ。話し言葉も、いづれ、書かれた言葉と兄弟関係にはあらうが、父親の正嫡の子といふ事になれば、やはり話し言葉だといふ考へなのだ。それでは、この嫡子が持つて生れて来た、宣長の言ふ「言霊」について、ソクラテスは、どのやうに語つてゐるか。それを見つけようとすれば、直ぐ見つかる。――この相手こそ、心を割つて語り合へると見た人との対話とは、相手の魂のうちに、言葉を知識とともに植ゑつける事だ、――「この言葉は、自分自身も、植ゑてくれた人も助けるだけの力を持つてゐる。空しく枯れて了ふ事なく、その種子からは、又別の言葉が、別の心のうちに生れ、不滅の命を持ちつゞける。――」》（Iの二）

これはほとんどソシュールではないか、という考えが、小林氏の〝声〟に聴き入っているあいだに、私の念頭に浮んだ。ソシュールは、一九〇八年（明治四十一年）から一九〇九年（明治四十二年）にかけて行った、その第二講義のなかで述べている。

《……言語と文字。これは連帯しているように見える、がしかし相互を根本から区別する必要がある。話し言葉だけが言語学の対象となるのだ。言語を時間のなかに分類するということは、言語が書き取られるからこそ、はじめて可能になるにすぎない。したがって文字に重要性を全く認めないわけにはいかない。実際、それらは文明のある段階と、言語活動の使用における完成度のある段階とを刻印しているが、書き言葉と文字は、話し言葉に反作用を及ぼさぬわけにはいかないのだ。しかしながら、書き言葉と話し言葉の混同は、初期において数知れぬ幼稚な間違いの原因となった。その上失語症患者はもはや書くことができず、失書症患者はもはや話すことができない。したがって、話し、書くという能力は、脳の二つの隣接領域を成しているのである。だから文字と言語の関係を無視してはならないが、さりとて話し言葉だけが言語学の対象であることを忘れてはならないのだ》

(*Cahier F. de Saussure 15*（*1957*）, F. de Saussure: *IIe Cours*, Introduction, pp. 12-13・拙訳）

ソクラテスの言葉と同じように、ソシュールの一般言語学も、彼自身の書き言葉によっては一行も伝えられていない。ソシュールもまた、一般言語学に関する限り、「生涯、一行も書かなかった」のである。第二講義の右の部分も、ジュネーヴ大学における彼の講義の聴講生、A・リードランジェとL・ゴーティエのノートから復元されたもので、ソシュール自身の校閲を経たものではない。彼は一九一三年（大正二年）、五十六歳で他界してしまったからである。

　現代に最も大きな影響を及ぼしつつある言語学者の学問が、その講義を聴いた門弟のノートによってしか伝えられていないという事実は、言葉の問題を考える上でほとんど啓示的ではないだろうか？　ソシュールを読むとき、われわれは門弟たちの不完全なノートを頼りに、その行間から彼の肉声を尋ね当てるほかない。このスイス生れの近代言語学の父は、わざと一般言語学に関する著書を遺さないことによって、人々を話し言葉という、言語の最も本質的な姿に直接推参させようとしたのかも知れないと、考えたくなるほどである。

　しかも、この講義が行われたのは、僅か七十五年前のことにすぎない。因みに、小林氏は、ジュネーヴでこの第二講義が続けられているあいだに、白金小学校に入学している。だが、それなら小林氏は、どのような経路をたどってソシュールと「同心円」を描くような言語観に到達したのだろうか？　直接には十一年半を費した本居宣長研究を通じてであることが、はっきりしている。しかし、その出発点において小林氏がどこに立っていたかを、今一度確認しておかなければならない。

2

昭和二十五年（一九五〇）四月刊行の「現代詩講座」第一巻（創元社刊）のために書かれた『詩について』という文章があるが、そのなかで小林氏はこういっている。

《象徴派詩人の運動は、ボオドレエルの影響なしには到底考へられぬものであるが、象徴といふ言葉は、わが国では勿論の事だが、フランスでも曖昧な言葉であり、ヴァレリイは、象徴派詩人などと言ふより、ボオドレエル以後音楽から、その富を奪回しようと努めた一群の詩人達の運動と言つた方がいゝと言つてゐる。ボオドレエルが、ワグネル論を書いたのは一八六一年で、その時には既に、彼はエドガア・ポオの詩論から充分な影響を蒙つて詩作してゐたのであるが、ワグネルの音楽に彼は、自分の詩論の最後の仕上げを見る思ひがしたのではあるまいかと思はれる。（中略）《併し、詩人には音楽家の幸運は存在しなかつた。音楽家には、音楽といふ建築を合理的に構築する為に、楽音という基本的な単位を持つてゐるが、日常言語のうちに溶け込んだ詩的言語を聞き分ける為には、耳といふ正確な器官も詩人には大した役には立たぬ。これは解り切つた困難であつたが、ボオドレエルの蔵した最上の批評家は、最も困難な仕事、即ち詩的言語といふ感覚的な実体の構成により、詩といふ魅惑の現実性を証明したいといふ仕事で、その能力を試したかつたのである。音楽は詩を食べて肥つたが、詩は音楽といふ魔に憑かれて痩せた。ボオドレエルの仕事を継承した数多の優れた詩人達の難解と孤独、寡作と反逆とを見れば、思ひ半ばに過ぎるであらう。

《浪漫派文学は、その自己解放の情熱の吐け口を、先づ告白文学に求めた。何を置いても自由に告白しようとする者には、あらゆる形式は外的なものに見えた。散文の時代が、小説の時代が来る。表現の手段に関し、全く規約や約定を欠いた文学は、自由の中に己れを失ふ。解放された自我は、無秩序と動揺の何処に停止すればいゝか解らぬ。かやうな傾向に、一つの大きな秩序を齎したものが、科学的観察の態度であつた。併し、正確な観察力の齎した秩序は、事物の秩序の文学への反映であつて、文学自らが内的に新しい秩序を創り出した事ではなかつた。凡てのものが作家の眼に対象化された。観察力の強さに比例して、事物の世界は、いよいよ拡大した。自我は心理学的対象と化した。作家の自己は一個の観察装置となつた。自己とは迷妄であるといふ思想は、知らず知らずのうちに、作家の創作態度に滲透したのである。所謂、レアリスム小説、ナチュラリスム小説がそれである。

（中略）

《浪漫派の時代に続いた大散文時代は、人間の精神は真理を発見はするが、真理はわれわれの外部に独立した客観的な現象であるといふ思想に、つまり「徳も悪徳も硫酸や砂糖の様な産物だ」といふテエヌの有名な言葉に支へられてゐた。十九世紀末に至り、合理主義哲学が疑はれ出すと、科学理論は実存の再現であるといふ独断も、科学の発達により、科学者自身の間でも信じられなくなつて来た。かういふ反動期から、象徴派詩人達の仕事を顧ると、それは単なる頑固な孤独な審美的作業とは考へられなくなる。彼等は、恰もこの反動を最も熱烈に準備して来た人達に見えて来る。詩人の本能には、誤りはなかつたのである。散文に於いて、事物の裡に拡散して了つた自己は、詩人達の仕事では、内的集中によつて保たれた。詩作といふ行為の人格的必然性に関する心労と自覚とは、人間的真理の次元を確保して来たと言へるのである。

私が、青年期に象徴派詩人に接して最も心動かされたのは、さういふものであつた。「悪の華」といふ詩の現実の魅惑に関しては、語学の如何ともし難い条件を感じたが、自己とは何かといふ難題について、この詩人の蔵した批評家が語る、推理や分析、懐疑や叡智は、驚くほど正確な言葉として、私の精神を充たした。(下略)》

小林氏が、このように明確な文学史的展望を備えた文章を書くことは、きわめて稀だといわなければならない。実際、書き写しながら、私は何度かエドマンド・ウィルソンの『アクセルの城』の第一章、「象徴主義」を想い起さぬわけにはいかなかった。

ウィルソンはそこで、ホワイトヘッドの所説を引きながら、古典主義からロマン主義、さらには自然主義から象徴主義へと展開されて行った西欧文芸思潮の歴史に、鮮やかな展望をあたえているのだが、たとえば小林氏が挙げているテエヌの言葉、「徳も悪徳も硫酸や砂糖の様な産物だ」は、ウィルソンの「象徴主義」でも間接的に引用されている。（但し、ウィルソンはそのテクストを、「善も悪もアルカリや酸同様の自動的工程の産物だ」としているが）

振り返って『アクセルの城』が、『詩について』に先立つこと十九年、一九三一年（昭和六年）に刊行されていることを思えば、あるいは『詩について』には、多少とも『アクセルの城』が投影しているのかも知れない。しかし、ここで重要なことはそのことではなくて、小林氏のいわゆる「散文に於いて、事物の裡に拡散して了つた自己は、詩人達の仕事では、内的集中によつて保たれた」（傍点引用者）という、その「内的集中」の過程如何でなければならない。なぜなら、そこにこそ出発点において、小林氏が、「最も心を動かされた」という象徴派詩人たちの、全身全霊をあげて参加した精神の劇が隠されているはずだからである。

この点については、幸いなことに、『アクセルの城』のなかにマラルメの言葉が紹介されている。

《高踏派《パルナシアン》詩人たちとしては、事物をあるがままに見て、それをそのままわれわれの前に提示しようとしたのだ。したがって、彼らには神秘が不足している。彼らは心から創造していると信じるところに生じる甘美な喜びを奪ってしまう。ある対象に名辞を与えることは、詩の楽しみの四分の三を捨てることだ。詩の楽しみとは、少しずつ推量するところに生れるものだ。対象を暗示し、喚起する。そこにこそ想像力を魅了する醍醐味があるのだ》
（傍点引用者・出典不詳・拙訳）

　ところで、このマラルメの言葉を、言語学・記号学の領域に投影させたら、どうなるだろうか？　事物を提示し、「対象に名辞を与える」のではなく、「創造していると信じる」ところに生じる「甘美な喜び」を与え、「少しずつ推量」し、「対象を暗示し、喚起する」言葉。それこそ、ソシュールというあの複雑な個性が、言語活動《ランガージュ》そのものの姿と認めようとしていたものではないか。

　一九〇八年十一月十六日に行われた第二講義の第四課で、ソシュールは述べている（と門弟たちのノートには記録されている）。

《記号学が個別科学として自己確立していないのは何によってか？　それは諸記号の体系の主要な例証が言語だからであり、言語における諸記号を研究することによってしか、人は諸記号の体系の本質的側面、つまり生を認識することがないからである。かような次第で、言語研究者以外の人々によってなされる言語の研究は、主題をその本質的側面から把えない。これこそ、記号学的主題は、人が言語以外の視点から言語を研究しようとするとき、（あるいはまた）人が言語を、心理学者や、哲学者や、またはほかならぬ一般大衆が研究するようなやり方で研究しようとするとき、現れることがないといい得るものなのだ。実際、〔第一に〕心理学者、あるいは哲学者は、言語を一つの名辞集と考えており（あるいは少くとも、事実上そうしており）、彼らはそのようにして、言語の諸価値についての、諸価値の共存そのものからしての相互的な規定を黙殺してしまうのである。記号は思想を喚起し、諸記号の体系に依存する（このことが無視されているのだ）、あらゆる記号は連帯している》（拙訳）

「言語以外の視点から言語を研究」することを峻拒し、「言語を一つの名辞集と考え」る心理学者や哲学者を排除しようとするソシュールの立脚点は、「ある対象に名辞を与えることは、詩の楽しみの四分の三を捨てることだ」といい、「少しずつ推量」するところに創造の喜びを見出したマラルメの詩学と、やはり「同心円」を描いているといわなければならない。あるいはこの「同心円」は、いわば背中合わせになっていたかも知れない。言語によってのみ言語の本質を究明するという苦行に身を投じたソシュールに、果してマラルメの「喜び」と「楽しみ」があったかどうかは、疑わしいからである。

だが、仮りに背中合わせになっていたとしても、詩人と言語学者は、言葉の自律する場を創り、究明しようとするという一点において、完全に一致していた。パリとジュネーヴとに離れていても、彼らは、少数者だけが敏感に感得してやまない同じ時代精神を呼吸していたのである。これこそ若き日の小林氏が「最も心を動かされた」という、「内的集中」の劇であった。

そして、その劇は、小林氏が処女作『人生斫断家アルチュル・ランボオ』（大正十五年・一九二六年）で、

《時よ、来い、
あゝ、陶酔の時よ、来い。》

と歌ったとき、近代日本の文学風土にはじめて移植され、根付いたのであった。

3

小林氏がランボオ詩の翻訳の世界で試みようとしたことは、あるいは萩原朔太郎が自由詩の世界で成就したことと、同じ方向を志向していたかも知れない。つまり、それは訳語から常套的な名辞を放逐し、同時に伝統的韻律を苦もなく捨て去ることによって、原詩の

なかに潜む〝声〟を、そのまま日本語で再現しようとする試みである。
たとえば、このことは、
《あゝ、季節よ、城よ、
無疵なこゝろが何処にある。》（小林秀雄訳）
を、次の堀口大学訳と比較してみれば、
《お、、歳月よ、あこがれよ、
誰か心に瑕《きず》のなき？》
一目瞭然と思われる。だが、それなら、あの「内的集中」を近代日本の文学風土のなかで試みようとしたとき、批評文は何を目指さなければならなかったか。
そこには、まず自然主義があり、その反映論の新しい継承者であるプロレタリア文学があった。旧き自然主義の末流と、新しきプロレタリア文学に腹背を挟撃される場所に、小林氏はその散文の、批評文の生きるべき場を求めた。やがて、それは、散文でありながら詩を求めて、疾走につぐ疾走を重ねた。『詩について』で、小林氏はいっている。
《現代の小説家は、もはや往年のレアリスムにも、ナチュラリスムにも、信用を置いてはゐるまい。浪漫主義文学が、明るみに出した自我の問題は、再び新たに作家各人の重荷となつて現れたらしく思はれるが、一つたん得た散文といふ自由な表現手段は、捨て去るには、もうあんまり大きな遺産となつてゐて、詩人は依然として孤独である。だが、作家の自我の問題は、言葉の再組織による自律的な、又多かれ少かれ永続的な形式を創り出す工夫のうちにしか、実際の解決はない以上、文学の故郷は、やはり詩だといふ事になるだらう。

（下略）》

この批評という散文による詩の出発点に、『女とポンキン』や『眠られぬ夜』や『おふえりや遺文』のような創作があり、その到達点に『無常といふ事』と『モオツアルト』があることはいうまでもない。初期の三作に狂女が投影しているとすれば、中期のこの二つの名作には、祖国敗亡の予感と哀しみがこめられているのである。

それは、あの「内的集中」の劇を自ら主演すべく身を以て引き受け、「言葉の再組織による自律」の実現に賭けつつ、批評を創めながら自分の手でこれをこわして行った最初の批評家、小林秀雄の、孤独な、あまりにも孤独な軌跡であった。

敗戦は、小林氏のこの批評家としての孤独に、日本人としての孤独を新たにつけ加えた事件であった。小林氏の戦後の第一声が、次のようなものであったことは、今日ではよく知られている。

《僕は政治的には無智な一国民として事変に処した。黙つて処した。それについて今は何の後悔もしてゐない。大事変が終つた時には、必ず若しかくかくだつたら事変は起らなかつたらう。事変はこんな風にはならなかつたらうといふ議論が起る。必然といふものに対する人間の復讐だ。はかない復讐だ。この大戦争は一部の人達の無智と野心とから起つたか、それさへなければ起らなかつたか。どうも僕にはそんなお目出度い歴史観は持てないよ。僕は歴史の必然性といふものをもつと恐しいものと考へてゐる。僕は無智だから反省なぞしない。悧巧な奴はたんと反省してみるがいゝぢやないか》(座談会「コメディ・リテレール——小林秀雄を囲んで」——「近代文学」昭和二十一年二月号)

この発言は、のちに「近代文学」所載の座談会を集めた『世代の告白』という本が出版されようとしたとき、占領軍民間検閲支隊(CCD)の検閲官によって削除された。私は滞米中、メリーランド大学のプランゲ文庫の一隅で、クロス・アウトされて黒々と削除の命令が記されたこの部分の校正刷を発見したときの、異様な感慨を忘れない。戦後の小林氏が自分の周囲に見出したのは、このように言葉の自律を決して許容しようとはしない、政治的な、あまりに政治的な閉された言語空間であった。

そのなかでは、いわゆる「国語改革」の結果、日本語の形態までが大きく改変された。当用漢字の使用が強制され、「現代仮名遣」が採用されるにいたったからである。昭和二十一年(一九四六)六月、雑誌「新日本文学」は、小林氏を戦争責任者に指名した。

しかし、「事変」に「黙って処した」小林氏は、占領下の日本にあってもほとんど「黙って」これに処した。今日、当時書かれた文章を読む者は、時務に対する言及が皆無に等しいことにおどろくにちがいない。『ゴッホの手紙』（新潮社刊・昭和二十七年六月）が刊行される二ヵ月前、サンフランシスコ条約の発効によって日本は漸く独立主権を回復したが、小林氏は依然として戦後日本にも戦後文学にも背を向け、悠々と美の世界に遊ぶかのようであった。

言葉の世界への、いや言葉そのものへの回帰がはじまったのは、おそらく昭和三十年代のはじめである。『本居宣長』が完成された昭和五十二年（一九七七）の秋の小林氏は「新潮」誌上の対談で、私に語ってくれた。

《話が少々外れるが、私は若いころから、ベルグソンの影響を大変受けて来た。大体言葉というものの問題に初めて目を開かれたのもベルグソンなのです。それから後、いろいろな言語に関する本は読みましたけれども、最初はベルグソンだったのです。あの人の「物質と記憶」という著作は、あの人の本で一番大事で、一番読まれていない本だと言ってないが、その序文の中で、こういう事が言われている。自分の説くところは、徹底した二元論である。実在論も観念論も学問としては行き過ぎだ、と自分は思う。その点では、自分の哲学は常識の立場に立つと言っていい。常識は、実在論にも観念論にも偏しない、中間の道を歩いている。常識人は、哲学者の論争など知りはしない。観念論や実在論が、存在と現象とを分離する以前の事物を見ているのだ。常識にとっては、対象は対象自体で存在し、而も私達に見えるがままの生き生きとした姿を自身備えている。これは「image《イマージュ》」だが、それ自体で存在するイマージュだとベルグソンは言うのです。この常識人の見方は哲学的にも全く正しいと自分は考えるのだが、哲学者が存在と現象とを分離してしまって以来、この正しさを知識人に説くことが非常に難かしい事になった。この困難を避けなかったところに自分の哲学の難解が現れて来る。また世人の誤解も生ずる事になる、と彼は言うのです。

ところで、この「イマージュ」という言葉を「映像」と現代語に訳しても、どうもしっくりしないのだな。宣長も使っている「かたち」という古い言葉の方が、余程しっくりとするのだな。（下略）》（「『本居宣長』をめぐって」―「新潮」昭和五十二年十二月号）

昭和三十三年（一九五八）から五年余にわたって続けられたベルグソン論『感想』（「新潮」連載）のあいだに、大著『本居宣長』はおのずから準備されていたといってよい。小林氏はここで、いわばあの「内的集中」の劇の扉を、大きく開け放って見せた。それと同時に氏は、はじめて戦後の日本に正面から向い合った。

《未だ文字も知らぬ長い間の言伝《コト》への世で、日本人は、生きた己れの言語組織を、既に完成してゐたといふ事実につき、宣長ほど明晰な観念を持つてゐる学者はゐなかつた。（中略）彼は、思想があつて、それを現す為の言葉を用意した人ではない。言葉が一切の思想を創り出してゐるといふ事を見極めようとする努力が、そのまゝ彼の思想だつたのである》（『本居宣長補記』）

小林氏の訃報を聞いた三月一日の未明、私はなおも懸命に『補記』の行間から聴えて来る氏の声を聴いていた。かつて日本人が経験した最大の言語上の事件は、文字の導入にほかならなかった。史上はじめての敗戦の結果起った事柄も、あるいはそれに類する事件であったかも知れない。しかし、検閲も、「国語改革」も、漢《カラ》ごころのなし得たことはたかだか文字の上のみにとどまるではないか。そんなものにいささかもまどわされぬ言伝《コト》へを信じ給え。「生きた己れの言語組織」の総体を信じ給え。日本人は昔から、実はそれしか信じて来なかったのだ。……

そういう声が、聴えて来た。私は、小林氏の死が、その声をいよいよ活き活きと生かしていることを感じた。「その通りです、小林さん」と、私は、眼に見えない大きなものに向って、肯いた。

（昭和五十八年四月　新潮　小林秀雄追悼記念号）

絶対的少数派

江藤 淳

小林秀雄氏の四十九日忌が、北鎌倉の東慶寺でおこなわれたのは、昨年（昭和五十八年）四月十八日のことであった。

鎌倉に住んでいる者だけに通知したからという、喜代美未亡人からの電話をいただいたので、当日定刻少し前に夫婦で東慶寺に行くと、新潮社の斎藤十一氏が山門を潜ろうとしている後姿が見えた。よく晴れた暖い日で、境内には観光客の姿もチラホラしていた。

庫裏の控室には、もうすでに御遺族をはじめ、今日出海夫妻、永井龍男夫妻、中村光夫夫妻、那須良輔夫妻などの知友が参集しておられて、間もなく法事になった。禅寺のことて、法事はきわめて簡潔なもので、導師が友達にでも呼びかけるような調子で偈を唱えたのが印象に残った。事実、この導師は、小林さんの友達、といってもいいような人だったのかも知れない。

小林家の墓所は、東慶寺の墓地にはいって左手にだらだらと坂を上る中途にあった。谷戸の奥まった一隅を埋葬地にするのは、おそらく鎌倉時代以来のこの土地の風習にちがいない。斜面を流れ下る湧き水の細流をへだてて、「小林家」という故人自筆の石の標柱が立ち、一坪ほどの地面に小さな五輪塔が据えてある。これが華厳院評林文秀居士、つまり小林秀雄氏のお墓である。楓の古木の背後から射す木洩れ日が、若葉の緑に映えてまぶしく、美しい。

鎌倉初期のものだという、いかにも古さびたこの五輪塔の下に設けられているカロートに、お骨《こつ》が収められると、皆が次々と最後のお別れをした。私は、永井龍男氏がひざまずいて別れを告げられるのを、坂の下から見ていたが、それを合図に列の後ろについて動き出した。木々のあいだを吹き抜けて行く風を受けた、春の陽光の下での野辺の送り。「安らかに眠れよ、ただ安らかに……」という、詩句の断片のようなものが、そのとき脳裡をよぎった。

この流れは、溝を伝って落ちる湧き水の、あるかなきかの流れにすぎないが、それでもこれは、現世と他界をへだてる結界の流れなのだと、細流をへだてて墓前にぬかずきながら、私は一瞬そう思った。そして、「小林さん、さようなら、安らかにお眠り下さい」と手を合わせた。なにもかも明るく、光りに充ちた埋葬であった。

幽明境をへだててから、はじめて明らかになるという種類のことがあるものである。小林秀雄氏についても、少くとも私にとって、そういう二、三のことがあった。

その一つは、小林氏が、いかに少数の知友と理解者のみに守られて、文業を全うすることができたかということである。お通夜の晩に、私は大学の用事があったので、少し遅れて小林家に行った。もうお坊さんの読経などは終っていて、三々五々と訪れる人々が柩に向ってお焼香をしていた。私もお焼香を済ませ、お清めをして行くようにと声をかけてくれた人があったので、別室でしばらくお酒をいただいた。中村光夫氏、福田恆存氏、永井龍男氏などが、その場におられた。

帰路、小林邸脇のバス通りに出ると、交通巡査が二人、提灯をぶら下げて、手持無沙汰そうに横断歩道の両側に突っ立っていた。いったい鎌倉署は、何千人の弔問者を予想したのだろうと、そのとき私は訝った。無用のことであった。弔問者の数は、交通整理を必要とするほど多くはなかったからである。

もとより私は、小林氏の徳が高くなかったから、人が集らなかったなどといっているのではない。小林氏の文業は、文字通り一世を風靡した。その存在感は、死のその瞬間にいたるまで衰えなかった。だが、この文業とこの存在感を支えて来たものこそ、世の変転を超えて小林氏を信じつづけて来たきわめて少数の知友と理解者だった、というのである。

この影響力がいかに絶大であったとはいえ、小林氏は、少くとも戦後の小林氏は、いつも絶対的少数派であった。

横断歩道を渡って、二、三歩も行かぬうちに、私はにわかに愕然とそのことを悟った。死が夾雑物を洗い流した瞬間に、自明な事柄の輪郭が、あらためてくっきりと浮び上って来たのである。それは、胸を刺し貫くような発見であった。歩きながら、私は、いつの間にか涙を流している自分に気がついた。小林さんは、闘いつづけたのだ。最後まで頑張りつづけたのだ、どうだい、豪気なものじゃないか。心のなかでそうつぶやきながら、私は涙を流しつづけた。

いうまでもなく、このことは、小林氏にとっての戦後が、厳しく、生きにくい時代であったということと、無関係ではない。「僕は無智だから反省なぞしない。悧巧な奴はたんと反省してみるがいゝぢやないか」という、有名な戦後第一声が記録されたのは、昭和二十一年二月号の「近代文学」所載の座談会、『コメディ・リテレール――小林秀雄を囲んで』においてであった。その年の六月、雑誌「新日本文学」は、小林氏を「戦争責任者」に指名した。

占領時代の実状がどんなものであったかを思い起してみれば、この烙印が小林氏にとって、どれほど大きな重荷となったかは、想像を絶するといってよい。それは、単に小林氏が左翼、あるいはいわゆる〝民主勢力〟を敵にまわしたというにとどまらない。当時日本の左翼、あるいはいわゆる〝民主勢力〟の育成に没頭していた、米国の対日政策そのものを、それは全体として敵にまわすことにほかならなかったからである。

年譜を一見すれば明らかなように、この結果小林氏は、昭和二十年代を通じて、ほとんど言葉を奪われていた。人は、この時期の小林氏が、戦後の世相と文学に背を向けて、悠々と美の世界に遊んでいたという。いかにもかつて「黙つて……事変に処」した氏は、占領下の現実に対しても同様に、「黙つて」身を「処」しつづけた。しかし、この最も辛い試練の十年間に、「美の世界に遊」んでいたということほど、この時期の小林氏が言葉を奪われ、言葉から遠ざからざるを得なかったという事実を、如実に物語るものはない。

文士が言葉を奪われれば、たちまち経済的に窮乏する。この点で小林氏の処世は、米国の占領政策に合わせて学説を修正し、そのことと引換えに地位を保全し得たのみならず、戦後学界に対する影響力の保証をも得た官学教授たちの処世の、まさに対極に位置するものであった。そのために、小林氏が、どれほどの代償を支払わねばならなかったかを見るためには、『本居宣長』の連載が、さらに十年後、昭和四十年にいたって漸く開始されたという事実を見れば足りる。十年間言葉を奪われていた者が、言葉を回復するためには、さらにもう十年かかるのである。

小林氏の絶筆、「正宗白鳥の作について(七)」は、「文學界」昭和五十八年五月号に掲載された。雑誌に載っている凸版を見ると、原稿は十七枚目の末尾で跡切れている。テクストでいうと、

《……そんな書簡を讀まされる始末となつては、ヤッフェも亦追ひ詰められて、ユングの「自傳」の解説を、「心の現實に常にまつはる説明し難い要素は謎や神秘のまゝにとゞめ置くのが賢明》

という箇所で、絶えている。

ヤッフェ編・河合隼雄・藤縄昭・出井淑子訳の『ユング自伝——思い出・夢・夢想』の該当箇所を見ると、それにつづいているのは、「であると、彼は考えていた」という文である。因みに、小林氏が「まつはる」と旧仮名遣で記している箇所は、原文では「まつわる」と新仮名遣で記され、「まゝにとゞめ置くのが賢明」と引用されている部分は、原文では「ままでとどめおく方が賢明」となっている。

白鳥を論じて内村鑑三にいたり、一転してリットン・ストレーチィの『ヴィクトリア女王伝』からフロイト、ユングの出逢いに及んで、小林氏の筆は絶えた。そのあと氏が何と

書こうと思っていたのかは、今となっては知る由もない。ただ、この鋭い意識家の最後の関心が、フロイトやユングが開け放ってみせた無意識の世界にあった、ということをのぞいては。しかし、そのことにも、他のどのことにもまして私の心を打ったのは、この最後の一枚の原稿用紙の上に残された、作者の推敲の跡であった。

何が偉かったかといって、小林氏が何にもまして偉かったのは、このように最後の最後まで文章の鍛錬を怠らなかったという点においてであった。宣長は、『初山踏』で、「詮《セン》ずるところ学問は、ただ年月長く倦《ウマ》ずおこたらずして、はげみつとむる」が肝要、といった。小林氏は、この平凡な教えを文字通り実践したのである。

なぜ実践したのかといえば、いうまでもない、文芸批評においては文章がすべてだからである。文章が自立しなければ、批評は自立せず、自立しなければ批評文は公正、無私を期しがたいからである。公正、無私とは、もとよりどの立場にも立たないということではない。自己の立場に徹底的に固執し、そのことによってそれが私利私欲を超えていることを、身を以て実証することである。小林氏はそういう文章を書いて、それを売って生計を立てて来た。そして、最後の最後まで、気を抜こうとは決してしなかった。

このことにおいて、小林秀雄氏は偉大であった。空前であった。その余のことについては、どんな批判や解釈があってもよい、その多くはいずれは雲散霧消するだろうから。それもまた、小林氏の死によって、動かしがたく明らかになったことの一つであった。

もうすぐ、小林氏の一周忌がやって来る。三月四日には、東慶寺で法事が営まれるはずである。今年の冬はことのほか厳しかったから、果して梅が咲いているかどうか。

しかし、梅が咲いていようがいまいが、私はそのとき一年ぶりで、小林氏の墓前にぬかずくだろう。そして、ひそかに告げるだろう、自分もまた、最後の一枚の原稿用紙に文字を記し終るまで、「倦《ウマ》ずおこたらず……はげみつと」めようとするだろう、と。

（昭和五十九年四月　文學界）

解説　三島由紀夫の死をめぐる小林秀雄と江藤淳

平山周吉

平成十三年（二〇〇一）に刊行が開始された第五次『小林秀雄全集』（新潮社）にはこの不世出の批評家の全文業が収められたが、対談、座談会の多くは割愛された。小林秀雄が最も多く対談の相手にしたのは、三十歳年下の批評家・江藤淳であった。二人の対談は十数年の間に五回行なわれた。『全集』に収録されたのは、わずか一篇である（「『本居宣長』をめぐって」）。昭和五十九年（一九八四）に出た『新編 江藤淳文学集成』（河出書房新社）の第二巻『小林秀雄論集』には、そのすべてが収録されている。本書は五つの対話と、関連する二人の随筆を併録した中公文庫オリジナル『小林秀雄 江藤淳 全対話』である。

各対談の背景については、それぞれの対談の「注」で詳しく記したので、いきなり本題に入る。小林は江藤を「後継者」として認めていたからこそ、何度もの対話の機会が設けられたのだが、二人はけっして「師弟」関係ではなかった。二人は常に緊張を孕んで対峙していた。その緊張が極限に達したのが昭和四十六年（一九七一）の「歴史について」である。後々まで文壇の語り草になる〝決闘シーン〟は、三島由紀夫の死をめぐる評価の大きな分裂であった。「三島君の悲劇も日本にしかおきえない」「三島事件は三島さんに早い老年がきた。老年といってあたらなければ一種の病気でしょう」「日本の歴史を病気といか。それなら吉田松陰は病気か」。いま活字で読んでも息詰まる宮本武蔵と佐々木小次郎の巌流島である。司会をした「諸君！」編集長の田中健五は後年、対談の雰囲気を問われて、「掴み合いにはなりませんでした（笑）」と答えているから、推して知るべしだろう。迫力と弁舌、気の強さと押しの強さで引けを取らない、二人の喧嘩上手な批評家の対立だったが、半世紀近くの歳月を隔てて眺め返してみると、当時とは違った風景が見えてくる。

小林と江藤、さらには三島も含めた三者のそれぞれの関係を確認しておきたい。

昭和四十五年（一九七〇）十一月二十五日、三島由紀夫は大河小説『豊饒の海』を完結させ、楯の会の会員と共に市ヶ谷の自衛隊へ向かった。東部方面総監を監禁し、バルコニーから自衛隊員に対して蹶起を促し、その後、三島と森田必勝《まさかつ》は切腹、自決した。日本一の人気作家の騒々しくも厳粛な死であった。戦中派世代以上の誰もが玉音放送の日を記憶しているように、ある世代以上の日本人には忘れられない日である。

ジャーナリズムはその瞬間から三島事件一色になった。多くの作家や評論家、政治家や自称他称の友人たちがコメントを求められた。市ヶ谷駐屯地のすぐ脇に住んでいた江藤は、いくつもの新聞や雑誌にコメントを残している。概して冷淡なコメントであった。大家の小林秀雄はほとんどコメントを残していない。取材攻勢は当然の如く押し寄せた。当日、傍にいた秘書役の郡司勝義は、小林がその都度、電話口で鄭重に取材を断っている姿を見ている（郡司『小林秀雄の思ひ出』）。小林が唯一述べた感想は「新潮」三島追悼号に載った。その事情も郡司は書いている。追悼号を編集したのは「週刊新潮」編集次長の菅原國隆だった。菅原は「新潮」編集部時代に小林と三島を（江藤も）長らく担当していた。旧知の編集者であるのみならず、菅原はキーパーソンであった。小林の談話を菅原はまとめて持参したのだが、「なんだ、こんなもの」と怒って、ポイっと捨てられた。そのままじっと黙っていると、小林が「じゃ、書いてやるよ」と言って筆を執ったのが「三島君の事」（本書所収）である。小林はそこでは「ジャーナリスティックには、どうしても扱う事の出来ない、何か大変孤独なものが、この事件の本質に在る」とし、「涙が出て来た」こと、事件が「孤独でもある私を動か」したことを述べている。

小林が三島の「孤独」に焦点をあてているのは、多くのコメントとはかなり異質である。識者たちが三島事件の不意打ちに対応しかねたのに比べ、小林には三島の「孤独」を知悉する機会が四年近く前にあった。昭和四十二年（一九六七）四月に、三島は初めて自衛隊に体験入隊した。その時に三島に反対したのが当時「新潮」編集部にいた菅原國隆だった。

三島はテロリストを主人公とした『奔馬』を「新潮」に連載中だった。菅原は三島に「あなたは作品だけを書いて下さい。（略）ご自分で作りあげた主人公になりきる習性があるから、注意して下さいよ」と危惧を洩らした。「一方菅原氏はさっそく小林秀雄に会って事情をはなし、五月に一度帰宅した三島を誘って鎌倉に行った。小林さんは三島に、あせってはいけないという意味のことをいわれたそうである」（村松剛『三島由紀夫の世界』）。小林から説得を受けたことを、三島は中村光夫との『対談・人間と文学』でそれとなく語っている。三島は「よく冗談に言うのだが、僕の幸福の定義は、十九歳で「ドルジェル伯の舞踏会」を書いて、二十歳で特攻隊で死ぬことだ。そのどちらも叶えられなかったのだから、僕の人生には幸福というものはありえない」と語った後で、小林の名前を出している。

「中村　それはいまだれかと向かい合って、自分は死にますという青年がいたら、そいつを、おまえ死んではいかぬというふうにはっきり言える人はだれもいないと思う。（略）

三島　もし成熟している人間がいたら言えるはずなんだね。（略）小林（秀雄）さんは言えるだろうか。もっとも小林さんはぼくに忍耐しろといったから、そうだろうな。しかし、これ以上忍耐はかなわぬ。

中村　すぐそういう贅沢をいう。

三島　でもそれは年齢かもしれない。小林さんも四十ちょっと過ぎ『モオツアルト』を書いているときはちょっと危機だったって『新潮』の菅原氏にいったらしい」

「忍耐しろ」あるいは「あせってはいけない」と小林が三島にアドバイスしていたことは間違いない。小林は誰にも覗かせない、わが人生の「危機」までも開示したようだ（菅原からの伝聞として喋っているが、小林の直話だろう）。三島の満年齢は昭和と同じだから、この年は四十二歳、厄年（後厄）である。小林が「モオツアルト」を書いたのは昭和十八年（一九四三）からだった。戦中から敗戦直後にかけて、小林は大きな「危機」の中にいたのだ。小林は「僕は、厄年にならなくちゃ、男は一人前になったとは考えないんだよ」（郡司勝義「小林秀雄座談」「新潮」小林追悼号）という考えの持ち主だったから、三島にもまだまだこれからだと説教しただろう。

菅原による説得工作があった翌月、菅原は「週刊新潮」に異動になる。その間にどんな事情があったかわからないが、波紋を呼ぶ人事だった。川端康成は三島宛ての書簡（七月十五日付け）で、「新潮の菅原君が週刊に移って私は非常にショック落胆しました　いよいよ何も書かなくなりそうですがそれでも困るのでちょっと途方に暮れる気持です」と訴えている（『川端康成・三島由紀夫往復書簡』）。

「新潮」で菅原の後任になったのは小島千加子（喜久江）だった。「不気味な空気が［三島さんの」身辺に漂いはじめた頃で、私と交替した四十二年七月の段階ですでに菅原さんは、『近頃の三島さんは、何を考えているんだかさっぱり分らないよ』と嘆息まじりに洩らしていた。嘆息せしめたほど、何もかも包み隠さず菅原さんに喋っていた、ということになろうか」（『三島由紀夫と檀一雄』）。キーパーソンが身辺から去って、三島はどうバランスをとったのだろうか。

中村光夫との『対談・人間と文学』には、江藤淳の名前が出てくる部分もある。江藤に対していい印象を持っていないような口ぶりである。「ぼくはこんど陽明学をすこし勉強しようと思っているが、なかなかいい本がない。江藤淳の朱子学に対抗してね。朱子学は結局格物致知というか、あっちへいっちゃうので、スタティックな哲学だな。文学というものをとらえるダイナミズムからいうと、どうしても不足していると思う。しかし彼は固執していますね。それに対して陽明学は危険だけどね」

昭和三十九年（一九六四）にアメリカから帰国した江藤は「朱子学的世界像」の再評価を打ち出していた。「江戸期の日本人の世界像を決定したのは、幕府が公式のイデオロギイとして採用した朱子学」であり、江戸期に完成された朱子学的世界像の崩壊による混乱が明治の日本人を襲った危機であり、現代日本の「ロマン主義的な混迷」を生んでいるとした（「日本文学と「私」——危機と自己発見」「新潮」昭40・3）。ただし、三島が江藤「朱子学」に対抗して、危険な「陽明学」を持ち出したというのには無理があろう。なぜなら、三島の陽明学への関心はもう少し前からあったからだ。三島の「只一人の友人」として一躍時の人となった伊沢甲子麿《きねまろ》（歴史家・教育評論家）が「週刊現代増刊　三島由紀夫緊急特別号」で証言している。「私は［昭和］三十八年ごろが三島先生にとって転機だったと思います。歴史上の立派な人物、たとえば西郷隆盛、吉田松陰、大塩平八郎に惹かれ、そういう志士とか国士とかいわれる人物の精神を自分の中にとり入れようと努力なさってから、才気煥発な天才にプラスして英雄・豪傑に変貌してきたと思います」

伊沢は林房雄（三島や小林と親しかった作家）との対談集『歴史への証言——三島由紀夫鮮血の遺訓』でも、この時期のことを述べている。「三十代の終りに『剣』という小説を出しました。その作品が転機になって、〝作家は観念的ではだめだ。その志というものを実行しなくてはいかん〟ということで、いわゆる〝知行合一〟の思想に目ざめたのです。／その頃でしたが、『陽明学のいい本があったら教えてほしい』と私に相談してきた。森鷗外の『大塩平八郎』にも興味を持ち、研究を始めていました」。

三島が「革命の学としての陽明学」を発表したのは最晩年であった。亡くなる年の「諸君！」九月号に語り下ろした。田中健五編集長は三島の死の直後に、その成立の経緯を書いている。

『俺はいま陽明学のことしか興味がない。陽明学についてならしゃべってもいいよ。ただし原稿を書くのはお断りだ。忙しすぎるのでね』（略）三島氏は煙草をうまそうに一服し、庭の木立ちを見やりながら『それじゃ始めますか』と言ったかと思うと、滔々と『である』調の文章体でしゃべり始めた。／レンガを積むような氏独特の正確で論理的な文章がなめらかに口をついて出てき、ほとんど言いなおしがない。長い編集者生活でもこんな経験ははじめてだった。氏の底知れぬ明晰さを見せつけられた貴重な思い出である。（略）口述であることはこの作品の重みをいささかも減ずるものではないと思う。氏は以後、論文というものをほとんど発表していない。この論文は氏の思想的遺書となり、政治的ロマンチシズムの聖書となった。（略）世上には痛烈な批判と熱狂的な讃美とが交錯しているが、この事件もやがては大衆社会状況の中に呑みこまれ、衝撃は忘れられていくだろう。現代はある意味では何が起きても驚かれない時代である」（傍点は原文。「諸君！」昭46・2「編集後記」。この三島特集号に「革命の学としての陽明学」は再掲載された）。

三島の「革命の学としての陽明学」とは、「乃木大将の死に至って、日本の現代史の表面から消えていった」陽明学を提唱し、政治行動の「ソロバンずくの有効性」に対して、「精神の最終的な無効性」に賭ける「かたくなな哲学」である。三島は自らに連なる系譜の先達として、以下の人物を挙げている。「中江藤樹以来の陽明学は明治維新的思想行動のはるか先駆といわれる大塩平八郎の乱の背景をなし、大塩の著者『洗心洞劄記《せんしんどうさっき》』は明治維新後の最後のナショナルな反乱ともいうべき西南戦争の首領西郷隆盛が、死に至るまで愛読した本であった。また、吉田松陰の行動哲学の裏にも陽明学の思想は脈々と波打っており……」。これらの人物の中で、三島が特に思いうかべるのは大塩である。「彼は養子格之助の胸を刺した後、自らも喉を突いて火を放ち火中で憤死した。ときに年四十五歳であった」。三島の享年が四十五であることを思うとき、俄然浮き上がってくる一文である。

三島は尊敬する森鷗外の『大塩平八郎』には違和感を隠していない。「傑作」と言いつつ、「隙間風が吹いている」と指摘する。大塩側ではなく、一揆鎮圧側に視点をおいているからだ。鷗外の共感は「その人間が止むをえざる受身の行動をするときにかぎっている。『阿部一族』は我慢に我慢を重ね、忍耐に忍耐を重ねて爆発した行動によって鷗外に認められたのであり、『堺事件』もまた罪なくして責めを負った若い武士達の切腹に対する同情によって描かれ、『興津弥五右衛門の遺書』における乃木大将への心酔も、同じようなパッシヴな情熱への感情移入によるものであった」。大塩は彼らと違う。大塩の行動の「無効性、反社会性について鷗外は批判的なのである」。

小林・江藤対談の一触即発の背景に「革命の学としての陽明学」を置いてみると、二人の対立は鮮明になる。「松陰」や「堺事件」といった固有名詞がまとっているのは、三島の「行動の学」の読後感であろう。小林は三島の「孤独」を通して「歴史」に接近しようとし、江藤はあえて「鎮圧」する側に立っている。「鎮圧」側の筆頭は総理大臣・佐藤栄作である。小林は事件当日のニュースで佐藤総理の発言を聞いている。「天才と狂人は紙一重だからね。三島君はよく知っていた。惜しいね」。鎮圧側は反乱を狂気として三島を退けた。

江藤は事件当日だけでも、朝日新聞（武田泰淳、市井三郎との座談会）、日経新聞（談話「伝統回復あせる」。本書所収）、毎日新聞（コメント）、その後もいくつものメディアに出まくった。それらを注意深く読むと、まずは激しい動揺が襲い、気を取り直して姿勢を整え、メディアでは秩序の側から事件を見ようとした。三島が「待ちきれなかった」ことを惜しみ、批判しているのだ。三島事件の一週間後、江藤は佐藤首相、首席秘書官の楠田實と三島事件を話し合っている（『佐藤栄作日記』『楠田實日記』）。その内容はわからないが、佐藤は三島に参議院選出馬をもとめたこともあった知己だった。ずっと後になって明らかにされた秘話だが、佐藤は楯の会への資金援助を申し入れ、三島から拒絶されている（村松剛『三島由紀夫の世界』）。「鎮圧」の側にも「仮面」はあり、江藤もその「仮面」をかぶっていたといえないだろうか。小林はその「仮面」を剝がしにかかったのか。

三島は評論家・江藤淳をある時期から「真の知己」と頼りにしていた（江藤「文反古と

分別ざかり」中公文庫『戦後と私・神話の克服』所収)。昭和三十年代半ば、『鏡子の家』『憂国』『美しい星』の時期である。昭和四十年代に入ってからは『英霊の聲』に厳しく、『わが友ヒットラー』を評価しと、江藤はいつも作品本位であった。三島と会食をした夜の帰り際、三島の不用意な後ろ姿を描写した随筆がある。「肩甲骨から肩にかけての稚い線の上には、いわば青春も壮年も知らない少年のようなうなじが伸びている。そして、そのうなじの上に、柔かな苔に積った淡雪のように、かすかな老いが積りかけていた」(「ヒットラーのうしろ姿」「学鐙」昭44・3)。意識と筋肉で武装した肉体が制御しえない部分を書かれてしまう。三島にとって江藤はあまりにも嫌な存在になっていく。評論「「ごっこ」の世界が終ったとき」(「諸君!」昭45・1)では、楯の会は「自主防衛ごっこ」のなかでさらに「ごっこ」に「憂身をやつしている」組織であると批判された。

江藤は晩年に『南洲残影』を書く。西南戦争に敗れた西郷隆盛に「思想」を見たからだ。『南洲残影』は、勝海舟が西郷隆盛を悼んだ薩摩琵琶歌「城山」を聴くシーンから始まっている。この「城山」は最晩年の三島が愛した曲であった。伊沢甲子麿は三島事件を「西郷先生が、城山で露と消えて以来の事件だと思う。本当にすばらしい事件です」と林房雄に語っている。「三島先生が死ぬ年、[昭和]四十五年に、薩摩琵琶の『城山』を愛唱して、あの孤軍奮闘という勝海舟の詩を愛していた。(略)いつもカバンに入れて、手許から離さなかった。カバンを開いて、手にするのが、城山の琵琶歌の台本でしたね」。

三島を介して、小林と江藤という二人の批評家（江藤流にいえば「絶対的少数派」）は、真剣勝負の対決をした湯河原の夜も、思いのほか近いところにいたのである。

「憂国忌」は三島の死の翌年から、毎年十一月二十五日に開かれている。その前身は、小林が「三島君の事」で、発起人となることを断った会合である。次の年、川端康成、林房雄、保田與重郎などとともに小林は憂国忌発起人になることを了承している。三島由紀夫研究会の現代表幹事である玉川博己は当時はまだ慶大生で、日本学生同盟（日学同）の委員長だった。昭和四十六年の秋口に、憂国忌発起人の依頼を学生たちで手分けして手紙や電話で各方面に行なった。慶應関係者では柴田錬三郎、遠藤周作、西脇順三郎、池田彌三郎、石川忠雄、中村菊男など多くの文学者、教授が賛同してくれた。その中には江藤淳も含まれていた。「三島事件直後の江藤先生の発言を知っていたので、私は果たしてお引き受けいただけるか自信がなかったのですが、意外やすんなりとご承諾して下さいました」。

江藤が自裁するのは、三島に遅れること二十九年後の夏であった。

（ひらやま・しゅうきち　雑文家）

編集付記

一、本書は著者の全対談五編を発表年代順に収録し、関連作品を併せて一冊にしたものである。中公文庫オリジナル。

一、対談は河出書房新社版『新編 江藤淳文学集成』第二巻（一九八四年刊）を底本とし、エッセイは初出に拠り、『小林秀雄全作品』（新潮社）を参照した。対談の注は平山周吉氏が新たに作成したものである。

一、底本中、明らかな誤植と思われる箇所は訂正し、表記のゆれは各篇内で統一した。

一、本文中、今日の人権意識に照らして不適切な語句や表現が見受けられるが、著者が故人であること、刊行当時の時代背景と作品の文化的価値に鑑みて、底本のままとした。

中公文庫

小林《こばやし》秀雄《ひでお》江藤《えとう》淳《じゅん》全対話《ぜんたいわ》

2019年 7 月25日　初版発行
2021年12月25日　3 刷発行

著　者　小《こ》林《ばやし》 秀《ひで》雄《お》
　　　　江《え》 藤《とう》 淳《じゅん》

発行者　松 田 陽 三

発行所　中央公論新社
　　　　〒100-8152　東京都千代田区大手町 1-7-1
　　　　電話　販売 03-5299-1730　編集 03-5299-1890
　　　　URL http://www.chuko.co.jp/

ＤＴＰ　ハンズ・ミケ
印　刷　三晃印刷
製　本　小泉製本

Published by CHUOKORON-SHINSHA, INC.
Printed in Japan　ISBN978-4-12-206753-0 C1195

各書目の下段の数字はISBNコードです。978－4－12が省略してあります。

中公文庫既刊より

よ-15-9
吉本隆明 江藤淳 全対話
吉本隆明
江藤淳
二大批評家による四半世紀にわたる全対話を収める。『文学と非文学の倫理』に吉本のインタビューを増補し改題した決定版。〈解説対談〉内田樹・高橋源一郎
206367-9

え-3-2
戦後と私・神話の克服
江藤淳
癒えることのない敗戦による喪失感を綴った表題作ほか「小林秀雄と私」など一連の「私」随想と代表的な文学論を収めるオリジナル作品集。〈解説〉平山周吉
206732-5

こ-14-3
人生について
小林秀雄
名講演「私の人生観」「信ずることと知ること」を中心に、ベルグソン論「感想」（第一回）ほか、著者の思索の軌跡を伝える随想集。〈解説〉水上勉
206766-0

み-9-9
作家論 新装版
三島由紀夫
森鷗外、谷崎潤一郎、川端康成ら作家15人の詩精神と美意識を解明。『太陽と鉄』と共に「批評の仕事の二本の柱」と自認する書。〈解説〉関川夏央
206259-7

み-9-10
荒野より 新装版
三島由紀夫
不気味な青年の訪れを綴った短編「荒野より」、東京五輪観戦記「オリンピック」など、〈楯の会〉結成前の心境を綴った作品集。〈解説〉猪瀬直樹
206265-8

み-9-11
小説読本
三島由紀夫
作家を志す人々のために「小説とは何か」を解き明かし、自ら実践する小説作法を披瀝する、三島由紀夫による小説指南の書。〈解説〉平野啓一郎
206302-0

み-9-12
古典文学読本
三島由紀夫
「日本文学小史」をはじめ、独自の美意識によって古今集や能、葉隠まで古典の魅力を綴った秀抜なエッセイを初集成。文庫オリジナル。〈解説〉富岡幸一郎
206323-5

み-9-13
戦後日記
三島由紀夫
「小説家の休暇」「裸体と衣裳」ほか、昭和二十三年から四十二年の間日記形式で発表されたエッセイを年代順に収録。三島による戦後史のドキュメント。
206726-4

み-9-15
文章読本 新装版
三島由紀夫
あらゆる様式の文章・技巧の面白さ美しさを、該博な知識と豊富な実例と実作の経験から詳細に解明した万人必読の書。人名・作品名索引付。〈解説〉野口武彦
206860-5

お-2-13
レイテ戦記（一）
大岡昇平
太平洋戦争の天王山・レイテ島での死闘を再現した戦記文学の金字塔。巻末に講演「『レイテ戦記』の意図」を付す。毎日芸術賞受賞。〈解説〉大江健三郎
206576-5

お-2-14
レイテ戦記（二）
大岡昇平
リモン峠で戦った第一師団の歩兵は、日本の歴史自身と戦っていたのである――インタビュー「『レイテ戦記』を語る」を収録。〈解説〉加賀乙彦
206580-2

お-2-15
レイテ戦記（三）
大岡昇平
マッカーサー大将がレイテ戦終結を宣言後も、徹底抗戦を続ける日本軍。大西巨人との対談「戦争・文学・人間」を巻末に新収録。〈解説〉菅野昭正
206595-6

お-2-16
レイテ戦記（四）
大岡昇平
太平洋戦争最悪の戦場を鎮魂の祈りを込め描く著者渾身の巨篇。巻末に「連載後記」、エッセイ「『レイテ戦記』を直す」を新たに付す。〈解説〉加藤陽子
206610-6

お-2-12
大岡昇平 歴史小説集成
大岡昇平
「挙兵」「吉村虎太郎」など長篇『天誅組』に連なる作品群ほか、「高杉晋作」「竜馬殺し」「将門記」など戦争小説としての歴史小説全10編。〈解説〉川村 湊
206352-5

お-2-18
成城だより 付・作家の日記
大岡昇平
文学、映画、漫画……闊達に綴った日記文学。一九七九年十一月から八〇年十月まで。「作家の日記」を併録。全三巻。〈巻末付録〉小林信彦・三島由紀夫
206765-3

各書目の下段の数字はＩＳＢＮコードです。978－4－12が省略してあります。

お-2-17
小林秀雄
大岡昇平
親交五十五年、評論から追悼文まで「人生の教師」であった批評家の詩と真実を綴った全文集。巻末に小林との対談収録。文庫オリジナル。〈解説〉山城むつみ
206656-4

よ-15-10
親鸞の言葉
吉本隆明
名著『最後の親鸞』の著者による現代語訳で知る親鸞思想の核心。鮎川信夫、佐藤正英、中沢新一との対談を収録。文庫オリジナル。〈巻末エッセイ〉梅原　猛
206683-0

は-73-1
幕末明治人物誌
橋川文三
吉田松陰、西郷隆盛から乃木希典、岡倉天心まで。歴史に翻弄された敗者たちへの想像力に満ちた出色の人物論集。文庫オリジナル。〈解説〉渡辺京二
206457-7

ふ-22-4
編集者冥利の生活
古山高麗雄
安岡章太郎「悪い仲間」のモデル、『季刊藝術』の同人として知られた芥川賞作家の自伝的エッセイ＆交友録。表題作ほか初収録作品多数。〈解説〉荻原魚雷
206630-4

あ-20-3
天使が見たもの　少年小景集
阿部昭
短篇の名手による〈少年〉を主題としたオリジナル・アンソロジー。表題作ほか教科書の定番「あこがれ」「自転車」など全十四編。〈巻末エッセイ〉沢木耕太郎
206721-9

ア-9-1
わが思索のあと
アラン
森有正訳
『幸福論』で知られるフランスの哲学者は、いかにその健全な精神を形成したのか。円熟期に綴られた稀有な思想的自伝全34章。〈解説〉長谷川宏
206547-5

ウ-10-1
精神の政治学
ポール・ヴァレリー
吉田健一訳
表題作ほか「知性に就て」「地中海の感興」「レオナルドと哲学者達」の全四篇を収める。巻末に吉田健一の単行本未収録エッセイを併録。〈解説〉四方田犬彦
206505-5

エ-6-1
荒地／文化の定義のための覚書
T・S・エリオット
深瀬基寛訳
第一次大戦後のヨーロッパの精神的混迷を背景とした長篇詩「荒地」と鋭利な文化論を合わせた決定版。巻末に深瀬基寛による概説を併録。〈解説〉阿部公彦
206578-9